讓笨蛋登上舞台吧！7

被龍所愛的笨蛋

Kadokawa Fantastic Novels

為美好的世界獻上祝福！EXTRA

讓笨蛋登上舞台吧！7 被龍所愛的笨蛋

CONTENTS

為美好的世界獻上祝福！
EXTRA
讓笨蛋登上舞台吧！
7
被龍所愛的笨蛋
author
昼熊
illustration
憂姫はぐれ
原作 暁 なつめ
角色原案 三嶋くろね
Kadokawa Fantastic Novels

Character
琳恩
職業 魔法師
達斯特的隊友。同時也被大
家當作老是引發麻煩事件的
達斯特的監護人。
達斯特
職業 戰士
在阿克塞爾似乎是個小有名
氣的冒險者。有著奇妙的傳
聞，但沒人知道真相為何。
芸芸
職業 大法師
雖然是個能力貨真價實的魔
法師，不過基本上都是單獨
行動。
蘿莉夢魔
職業 店員
為男性冒險者們提供極品美
夢的夢魔店店員。個性非常
容易隨波逐流。
阿克婭
職業
大祭司
達克妮絲
職業
十字騎士
惠惠
職業
大法師

序章

「不太順利啊。」

我在巨型蟾蜍的屍體前嘆了一大口氣。

全身上下被唾液沾得濕答答，像灌了鉛一樣重。

「不該是這樣的啊。」

被那個國家驅逐出境後，我來到鄰國這個名為阿克塞爾的城鎮。

因為這裡被稱為冒險者新手村，很適合讓我以冒險者的身分重新開始。

從龍騎士轉職為戰士後，我不再使用長槍，改用黎歐諾公主賜給我的這把劍努力訓練，卻怎麼也用不順手。

「這種程度的小怪，用長槍刺一次就解決了。」

這並非逞強之詞，而是再客觀不過的事實。

龍騎士的主要武器是長槍，劍只是平常佩在腰間的輔助裝備，戰鬥時根本用不上。所以我都用長槍鍛鍊，揮劍的機會少之又少。

「沒想到會這麼不順利。」

閃避敵人的攻擊自然不是問題，但要採取攻勢時，長槍跟劍的攻擊距離完全是兩回事。再加上步法也不一樣，使我的動作有點不流暢。

「只能逼自己習慣了。」

現階段雖然是單獨行動，不過一般來說，冒險者似乎都會找人組隊。等劍用得再順手一點就得認真找同伴了，否則後果不堪設想。

我思考著這些事，走著走著，忽然聽到遠方傳來戰鬥聲響。

我定睛一看，發現幾個冒險者在離此處有些距離的地方戰鬥。分別是一名持盾的前衛，以及弓手和魔法師兩名後衛。

他們似乎陷入苦戰，於是我決定出手幫忙賣個人情。我才剛到阿克塞爾沒多久，多認識幾個人沒什麼損失。

我全力狂奔，並對他們大聲呼喊，想表明我並非敵人。

「你們好像打得有點辛苦，我來幫忙吧！」

我拔劍出鞘，英姿颯爽地衝進戰場。

「哦哦！謝謝你幫忙！」

「我們正缺主攻手，真的幫大忙了。」

前衛和弓手男出言道謝。另一個看似魔法師的女子雖然沒轉身，卻輕輕舉起魔杖示意。多了一個前衛後，原本趨於劣勢的戰況立刻反轉，轉眼間就分出勝負。

「太感謝你了。看你的樣子好像是冒險者，但之前沒見過你耶。」

「喔，畢竟我剛來這個城鎮沒幾天。」

我對一臉耿直的男子這麼回答。

以前騎士團有很多這種類型的人，比較容易搭話。

「唉～只有泰勒一個前衛果然很吃緊啊。」

長瀏海的男子聳了聳肩，言行舉止感覺十分輕浮，跟我目前追求的小混混冒險者形象雷同。

「辛苦啦～總算解決了。也謝謝你的幫忙。」

始終背對著我的女魔法師轉頭對我露出笑容。

「咦？」

看到那張臉，我倒抽了一口氣。

因為眼前居然是那位大人。我原本已經放棄希望，以為再也見不到她了。

「怎麼一臉蠢樣？你對我的長相有意見嗎？」

她板著臉朝我逼近，連生氣的表情都跟那位大人如出一轍。

不過還是不一樣。雖然真的很像，但我知道不是同一個人。

她身上些微的差異讓我覺得不太對勁。

不行，在這個人身邊會讓我想起公主。我已決定要揮別過去，還是別繼續跟她扯上關係比較好。

我用力深呼吸，讓自己鎮定下來。

「沒什麼，抱歉。我是達斯特，妳叫什麼名字？」

「我嗎？我是琳恩。幸會，名字怪怪的戰士先生。」

那女孩帶著爽朗的笑容向我伸手，牢牢鎖住了我的視線。

看著跟那位大人很像，卻有些微不同的這個女孩——

「我現在是單獨行動，可以的話，能不能讓我加入你們？」

我忍不住說了這句話。

第一章 魔王軍大進擊

1

我在公會喝酒，等待冒險者集合。

我跟夥伴們一起在老位置上靜候消息。

以往只要在酒吧或餐廳聚會，桌上一定會有堆積成山的餐盤，但今天只有沙拉和酒水。

以大食量自豪的菲特馮似乎吃飽後就昏昏欲睡，正在旅店房裡睡午覺。

「剛剛那些話該不會是真的吧？」

泰勒眉頭緊蹙地雙手抱胸，口中唸唸有詞。

「那種話怎麼能拿來說謊或開玩笑啊。」

奇斯喝了口酒，漫不經心地回答。

「雖然風聲早有耳聞，沒想到居然是事實。唉～」

我們小隊唯一的女孩琳恩托著腮幫子輕輕嘆了口氣。
我的夥伴和冒險者公會裡的人難得會這麼安靜也是有原因的。
原因就是公會櫃檯小姐露娜剛才告訴我們的那些話。
現在似乎要等緊急召集的冒險者都到齊後，才要正式發表的樣子。

在我喝酒發呆時，冒險者也陸續抵達公會。
和真一行人也在其中。
奇怪，他們小隊沒到齊啊？最吵鬧的藍髮祭司——阿克婭大姊竟然不在，真難得。
包括櫃檯小姐露娜在內的公會職員們似乎都在等和真他們來，此時便正式說起召集冒險者的理由。
「好了，我們請各位冒險者過來集合，所為無他——就是關於魔王的大軍即將襲擊這個城鎮的傳聞。」
聽到這句話，冒險者的反應分成兩派。有人陷入沉默，有人開始議論紛紛。
有個女魔法師建議可以向王都騎士團求援，但露娜的意思是：魔王軍似乎也計劃派出主力部隊攻擊王都，無法期待援軍。

這麼說來，黎歐諾公主也說過類似的事。

那段手忙腳亂的日子印象太深刻了，讓我把這件事忘得一乾二淨。

「情況是不是不太妙啊？」

琳恩壓低音量嘟噥道。

奇斯和泰勒也有同感，靜靜地點了點頭。

「露娜也說了，這個城鎮是冒險者新手村，到處都是新手，幾乎沒幾個中堅或優秀的冒險者。其他城鎮武藝高強的冒險者都集結到王都了吧。這時候要是被魔王軍襲擊，只能說會慘不忍睹。」

「沒辦法寄望王都或其他城鎮會派出援軍了嗎？」

夥伴們說的這些話縱然絕望，語氣中卻沒有一絲消極。

臉上的表情也跟絕望相差甚遠。

「呃，你們是不是再有點危機意識比較好？」

不知何時坐在我們這一桌角落的芸芸小心翼翼地提出了意見。

因為芸芸很怕生，在這種人群聚集的時候，她就只能待在我們身邊吧。

「我們之前還被毀滅者攻擊過呢，跟當時相比輕鬆多了啦。」

我對獨自散發出嚴肅氛圍的芸芸揮揮手說道。

「這是兩碼子事吧！你們為什麼會這麼悠哉呢！魔王軍可能會打過來啊！阿克塞爾這裡就只有新手冒險者而已耶！」

她有些氣憤，那對年紀雖小卻發育過剩的胸部晃個不停。

「我想到了，來挖地洞陷阱怎麼樣！」

我聽到女魔法師忽然叫了一聲，她似乎想到了擊退魔王軍的方法。

其他人也沒有表現出悲觀的態度，而是積極提出意見互相交流。

見狀，夥伴們也跟著聊起了作戰計畫。

「把武器分發給居民，讓他們組織自衛隊如何？」

泰勒雙手環胸，喃喃自語。

讓居民拿武器啊。畢竟這裡有一大堆怪裡怪氣的人，還有很多人當過冒險者，說不定是個意外的好方法。

「有些人就算不是冒險者，但也能戰鬥吧。啊，我想到一個好點子！把魔王軍也不敢領教的阿克西斯教徒黏在盾牌上，丟到前線去吧！」

「哦，這主意太棒了！魔王軍肯定也不敢靠近他們！」

奇斯真是思路清晰。我彈了個響指，完全同意他說的這番話。

「你、你們都沒有良心嗎？」

「再怎麼說也太過分了。」

琳恩跟芸芸用看著髒東西的眼神望向我們。

「幹嘛嚇成這樣？那些人平常只會添麻煩耶，至少這種時候要有點貢獻吧。只要用『增加信徒的大好機會』這個理由加以煽動，他們一定會上鉤。」

過去我可是因為阿克西斯教徒受了不少罪。

尤其那個溫泉鄉阿爾坎雷堤亞更是恐怖，我實在不願回想那段往事。

「打鐵要趁熱。只要請和真幫忙就簡單多了……這麼說來，阿克婭大姊不在啊。」

感覺她遇到這種麻煩就會衝第一耶。順便也問問和真是怎麼回事好了。

我正準備起身時，有個人影走向和真。

是個帶著兩個女跟班，看起來很討人厭的帥哥。

「我好像在哪裡見過那個人耶。」

「你又忘啦？就是那個很有名的魔劍士御、御……名字是什麼來著？」

琳恩原本還在笑我，結果她也想不起那個人的名字，將手指抵在額頭唸個不停。

「佐藤……佐藤和真。我沒見到阿克婭大人的身影，怎麼了嗎？」

帥哥說出了我想問的問題，於是我決定先靜觀其變。

「……？……什麼嘛，原來是山崎啊。」

啊，對啦。這傢伙好像叫山崎。

「是御劍！你也差不多該記住我的名字了吧，沒有一個字是對的！我、我說，你每次都說錯我的名字，其實是故意的對吧？……算、算了，這不重要，更重要的是阿克婭大人怎麼了？她今天沒有和你們在一起嗎？」

搞什麼，是叫御劍喔。也罷，我對男人的名字沒興趣。

不過，這傢伙怎麼會用「大人」尊稱阿克婭大姊？

咦？難道他是阿克西斯教徒？唔哇——還是別跟他扯上關係好了。

「你要找阿克婭的話，她留書出走了。」

真的假的？才想說怎麼沒看見她，居然是離家出走。離家出走啊……反正一定是她自顧自亂講話，被和真痛罵一頓後哭著跑出去了吧。

「我也想知道阿克婭閒晃到哪裡去了好嗎？那個傢伙留書說要去討伐魔王，好像是大半夜就離開了。如果她搭了深夜馬車的末班車的話，現在應該到阿爾坎雷堤亞了吧。她還說魔王軍幹部剩沒幾個，現在搞不好可以打破魔王城的結界。」

「討伐魔王！」

討伐魔王！

我的心聲跟大聲驚呼的御劍重疊了。

不會吧，她真的這麼說嗎？

畢竟她是阿克西斯教徒的大祭司，就算言行舉止有些古怪，我也沒當一回事，但她居然說要討伐魔王……她的腦袋已經惡化到這種程度了啊，真可憐。

似乎不只我一個人感到驚訝。聽到御劍響徹全場的嗓音，公會裡頓時鴉雀無聲。

公會中的冒險者們臉上都寫著困惑和驚愕。

和真跟御劍似乎還說了些什麼，但在場的冒險者及我和夥伴們早就無暇在乎了。

「阿克婭大姊要孤軍奮戰？太冒險了，怎麼可能成功啊。」

「達斯特說的沒錯，她實在太魯莽了，沒常識也該有個限度。少了監護人和真，她有辦法生活嗎？」

「雖然這麼說有點過分，但老實說，我只覺得不安。」

「對吧？她給我的印象就只有靠宴會才藝炒熱氣氛而已。」

夥伴們紛紛給出殘酷的評語，但我完全同意。

「可、可是，阿克婭小姐的祭司技能十分出色。或許一個人也能意外地迎刃而解喔。」

在這種狀況下，只有芸芸出面替她說話。

芸芸跟和真他們應該有點交情了，怎麼還沒搞清楚現實？

「那妳說說看，阿克婭大姊之前獨力完成過哪些事？」

「那個，呃……宴會才藝？」

她似乎只想得到這件事，有些羞恥地低語。

周遭的冒險者應該也有同感，紛紛說出了類似的話。

雖然大家嘴上毫不留情，但與其說是在嘲笑阿克婭大姊，不如說打從心底擔心她的安危。

「其實阿克婭小姐很受歡迎呢。」

「畢竟是宴會中炒熱氣氛必不可少的要角嘛。而且總覺得不能放著她不管。」

跟琳恩互看一眼後，我露出苦笑。

阿克塞爾這個地方應該沒有真的讓我討厭的人。

……不，等等，可能只有巴尼爾老大除外。

「冷靜一點！各位請冷靜！……在座的各位，有沒有人在今天見過阿克婭小姐？」

露娜大聲一吼，讓吵嚷不已的我們頓時安靜下來。

我看向夥伴，但所有人都聳肩搖頭。放眼望向四周……結果大家都沒看到。她似乎在沒人發現的狀況下離開阿克塞爾了。

聞言，御劍就想動身去追阿克婭大姊，一副要立刻衝出公會的樣子。

「別、別為難我們了！像御劍先生這種高等級的冒險者，我們想請你防衛王都或這個城鎮啊……！有關搜索阿克婭小姐的事宜，我會趕緊通知各城鎮的公會就是了……！」

「喂，妳就讓他去吧！」

看到露娜拚命阻止御劍的模樣，我不禁破口大罵。

所有人的目光都集中在我身上，於是我乘著這分醉得剛好的酒意，將腳抬在桌上，不可一世地往後仰。

居然說出這麼沒用的話，我們就這麼不可靠嗎？

「不過只是要保衛這個城鎮，只靠在場的這些人就有辦法解決了吧。喂，小妞！這裡可是有一大堆高等級冒險者，只是妳不知道罷了！別想著依賴那種帶了兩個女人的後宮混球，依賴我們吧！」

怎麼樣，這句決定性台詞是不是帥爆了！

其他人也被我這聲喝斥迷得神魂顛倒了吧？

我有點好奇眾人的反應，便偷偷瞄了夥伴和周遭一眼，夥伴卻半瞇著眼狐疑地看著我。

芸芸似乎被我的發言嚇到了，有點不知所措，從剛剛開始就一直在我視線角落動來動去。

「不，話不是這麼說的……！各位冒險者當中，等級在二十以上的有幾位？我想幾乎都是等級在十以上不到二十的人吧。以冒險者的基本而言，在等級超過二十後，慣例上都會離開這個城鎮，將據點轉移到更好賺的怪物棲息的地區。所以，等級在二十以上的人在這個城鎮頂多只有幾個吧……」

露娜一臉為難地這麼說……明明是公會職員，怎麼這麼沒把握啊？

這時有個冒險者站了起來，彷彿要呼應我這句心聲。

「我的等級有三十二。」

「……咦？」

這句出乎意料的發言讓露娜大驚失色地傻叫一聲。

現場鴉雀無聲之際，又有另一名男子站了起來。

「那個……我的等級有三十八……」

「咦？」

後來又有好幾個冒險者也跟著那兩人站起身，依次說出自己的等級。

等級幾乎都在三十以上，甚至還有超過四十級的。

露娜似乎無法相信這些冒險者自報的等級，依舊滿臉懷疑地查看所有人的冒險者卡片。

她的表情從疑惑轉為驚愕也只是時間早晚的問題。

「……為、為什麼各位的等級都已經練到這麼高了，卻還待在這個城鎮呢！這個城鎮附近的怪物，對各位的升等效率應該很差了吧……？」

也難怪露娜會如此驚訝且疑惑。

但在場的男冒險者大都知道箇中緣由。沒有離開……不，是無法離開這座城的理由。

聽到這個疑問，那人有些害羞地抓了抓頭，神情凜然地說了這種話。

「當然是因為喜歡這個城鎮啊。」

少騙人了。

雖然露娜感動地紅了眼眶，但我可不會上當。

這些報上等級的傢伙全都是夢魔店的常客吧！我們在店裡碰過多少次了啊！

高等級的冒險者清一色都是男性就是最好的證據。雖然很想爆出實情，但這麼一來我可能也會受到牽連……所以還是別說得好。

2

公會的氣氛再度活絡起來後，露娜展現出加倍的幹勁。

有這些實力中上的冒險者，似乎讓她找到一線生機。她馬上著手進行分組工作，將已組隊的人集結在一起，人數不足的小隊就找認識的人補齊，最後將所有人都分配完……不對。

只剩一個人孤零零地呆站在原地。

不用說也知道，就是邊緣人的化身芸芸。

看似無所適從的她懷著某種期待站在離我們不遠的地方。這種微妙的距離感，實在很難界定她算不算我們小隊的成員。

夥伴們對我使眼色說「快去邀請她」，我迫於無奈只能開口。

「喂，妳在幹嘛？這裡不是妳該待的地方。」

聞言，芸芸臉上立刻湧現絕望，感覺下一秒就要哭出來了。夥伴們都瞪大雙眼看著我，小聲說了句「笨蛋！」指責我的不是。

我拋出的這句話似乎超出眾人的意料。

「那、那個……對、對不起…………」

芸芸不停低頭道歉後，準備離開現場。但我抓住她的手臂將她留下。

我拉著一臉驚訝的芸芸的手，把她帶到和真身邊。

芸芸似乎沒搞清楚狀況，愣愣地看著我。

「妳大概是這個城鎮數一數二的強者了吧。那個讓我看了就不爽的魔劍老兄，和妳這個貨真價實的紅魔族聯手起來的話，就算要對付魔王說不定也能打得不相上下吧？妳啊，給我去那個煩死人的魔王那邊跑一趟，代替我們給他一點顏色瞧瞧吧。」

「喂，芸芸是貨真價實的紅魔族的話，那我又是什麼魔族，你說說看啊！」

那個胸部跟身高都小不隆咚的人好像說了些什麼，但我沒理她。

「只有這幾個傢伙我實在很擔心。如果只是要去帶阿克婭大姊回來的話也就算了，但依照這些傢伙的慣例，大概又會被捲進什麼不太好的事情當中吧。不像那個掛名大法師，妳這個貨真價實的大法師還是跟著他們去吧……放心吧，妳不是會用瞬間移動魔法嗎？萬一碰上什麼緊急狀況的話，妳可以丟下這些傢伙，一個人回來就好了。」

說完，我對芸芸露出一抹微笑。不知為何，她淚眼汪汪地看著我。

因為我難得開口稱讚她，所以喜極而泣了嗎？

「喂，你說的掛名大法師指的是誰，給我說清楚喔！」

此時惠惠衝到我們之間，揪住我的胸口質問道。

我只是陳述事實，這傢伙居然就生氣了！

「明明這麼小一隻，力氣怎麼這麼大啊！喂，不要亂晃！小心我吐在妳頭上喔！」

我已經茫了，別這麼用力晃我啦。暖呼呼的酒水都從喉嚨逆流而上了，快住手！

正當我拚命抵抗惠惠時，我在視線一角看到芸芸有些羞赧地開口：

「我知道了。我去協助阿克婭小姐！去幫朋、朋友……的忙，也是理所當然的事情……」

哦，自己下定決心了嗎？

看到芸芸臉上浮現的笑容，我也有點開心。對這個老是裹足不前的丫頭來說，這算是跨出一大步了。

但我現在沒時間管這些事！

「紅魔族是有人找架吵必定奉陪的種族。你想吵架，我就奉陪到底。來啊，我們到外面去！」

惠惠抓著我的衣服，打算把我拉到外面去。

我想盡辦法抵抗，總算掙脫惠惠後，發現話題還沒結束。

我沒聽見剛才發生了什麼事，卻看到魔劍老兄一臉沮喪，兩個跟班還在安慰他。

雖然不知道是怎樣，但總覺得很痛快。

「達斯特老弟——！達斯特老弟——！型男大人挖角失敗了啦！看他伸手伸得像是在搭訕一樣，原來型男大人也會被甩呢！」

真的假的，這狀況未免也太好笑了吧！

「噗哈哈哈，活該——！就連這個出了名的邊緣人，在交朋友的時候還是會挑的呢！」

我跟和真在一旁搧風點火，芸芸跟那兩個跟班就面紅耳赤地說了些什麼。但我忙著捧腹大笑，完全沒聽清楚。

最後我被那兩個跟班趕走，回到夥伴們所在的座位。

和真他們好像又開始談論其他事情，我還是別再插嘴好了。

「我說你啊，別到處惹事行不行？」

「妳有看到那個帥哥的表情嗎？我好久沒笑成這樣了。」

我對神情愕然的琳恩這麼說，她卻回我一個苦笑。

剛才還跟我們同桌的泰勒跟奇斯跑去跟其他人一起商討擊退魔王軍的作戰計畫了，聊得有夠起勁。

琳恩將嘴湊近我耳邊小聲低語，彷彿不想被那兩人聽見。

「你不用一起去討伐魔王嗎？若跟菲特馮聯手拿出真本事，你們應該也能成為戰力吧？」

琳恩知道我身為龍騎士的實力，才會有這種想法吧。

「應該吧，但我不適合在幕前大顯身手。我可是捨棄一帆風順的人生躲在這裡的笨蛋耶，討伐魔王這種事不是我的作風。」

而且也該有人負責守住這裡嘛。

在那之後，冒險者們又熱切地討論擊退魔王軍的作戰計畫。

看到這些在危急情況下還能樂觀進取的傢伙，我並不討厭。

我一邊喝酒，一邊看著和真他們商討事情的模樣。和真似乎要把討伐魔王和帶回阿克婭大姊的任務交給帥哥小隊和芸芸，他跟其他隊員在阿克塞爾待命。

和真他們說「去了也只會絆手絆腳」。雖然能理解他們對自己的評價，但真不像他們的作風。

即使滿口怨言，為了伙伴還是願意兩肋插刀。我以為我的摯友是這種男人。

和真這麼做還能理解，沒想到爆裂女孩和被虐狂十字騎士也沒打算追。她們應該是不惜將和真五花大綁也要把他拖去的那種人啊。

「我的麻吉真是沒心沒肺。」

「看來你沒搞懂呢。」

聽見我的嘀咕，琳恩露出苦笑。

「什麼意思？」

「你仔細看看那兩人的表情。」

在琳恩的催促下，我再次看向爆裂女孩和被虐狂的臉。只見她們都用欲言又止的邪惡笑容盯著和真看。

3

在那之後又過了幾天。

平常吊兒郎當的冒險者們這次全都鄭重其事地各自進行鍛鍊，或狩獵魔物努力提升等級。

根據黎歐諾公主離開前提供的消息，派往阿克塞爾的魔王軍規模似乎相當驚人。

魔王軍怎麼會對這種冒險者新手村如此大費周章？有幾個原因。

首先，如果沒有冒險者新手村，壓根兒無法培育冒險者。特別是那些擁有外掛技能、被譽為勇者的人經常會將這座城鎮當成旅途的起點。

既然如此，只要消滅這座城鎮，就無從培育勇者。魔王軍應該是這麼打算的吧。

其次就是，和真的表現太活躍了。

不僅打敗好幾名魔王軍幹部，還逼退了那個毀滅者。見他戰功累累，難怪魔王軍也會心生警戒。

「那我也該進入認真模式了。」

我來到離阿克塞爾有段距離的森林中，拿著比身高略短的棍棒，持續獨自鍛鍊。

我往附近的樹幹一踢，用棍棒前端刺穿好幾枚飄落而下的樹葉。

離開故鄉後我都只用長劍攻擊，但還是這個長度用起來最順手。

「達施特，尼用這個比用劍厲害。」

菲特馮坐在地上盯著我看，感覺很開心的樣子。

「哼，別愛上我喔。」

我撩起頭髮，用單手轉動棍棒。菲特馮看了便用力鼓掌，笑得不亦樂乎。

就在我得意忘形繼續炫技時——

「你在幹嘛？」

忽然傳來一道冰冷的嗓音。

從樹木後方現身的琳恩瞇著眼看了過來。

「什麼嘛，原來妳也在。」

「看你們偷偷摸摸跑出來，我覺得可疑就尾隨在後，沒想到你竟然在偷偷修行啊。我還以為你的蘿莉控之魂終於覺醒，正準備去報警呢……你是不是發燒啦？」

「我對小屁孩沒興趣。好痛！喂，不要咬我！」

我當場否認後，菲特馮就往我腳踝狠狠一咬。

可惡，別因為肚子餓就吃我的腳啦。

「只是為了解決運動不足的問題，讓自己稍微流流汗而已。」

我將棍棒前端抵在地面上，靠著棍棒隨口胡扯。

「沒必要對我隱瞞啊。不過，連達斯特都認真到這種程度……情況是不是真的不太妙？」

「妳太緊張了吧。有那些高等級的傢伙在，巴尼爾老大跟維茲也在阿克塞爾，船到橋頭自然直啦。」

「啊～那兩人也在啊。但巴尼爾先生是惡魔吧？真要說的話，他應該會站在魔王軍那一邊？」

「啊……說得也是。我去打聽一下好了。」

我將代替長槍的棍棒扔掉後，菲特馮便踏著小碎步走過來攀到我背上，並像平常那樣用嬰兒揹巾把自己捆起來，動作相當熟練。

「咦？不在啊？」

「好像沒人呢，是不是出門了？」

「點心……」

我們來到維茲的魔道具店卻空無一人。

徹底掉進巴尼爾老大點心陷阱的菲特馮含著手指開始流口水。她應該以為來這裡就能吃點心吧。

「嗯～老大可能是去監督維茲採買了，只要她亂買東西就能嚴加處分。明天再來吧。」

當我們打消念頭準備離開時，店門打開了。

從店裡出來的——是一隻外表看似奇妙鳥類的巨大布偶。

「啊，有個可愛的東西出現了耶。」

「感覺不豪雌。」

琳恩跟菲特馮情緒亢奮了起來，她們似乎覺得眼前這玩意兒很可愛。

「是客人啊，有什麼事嗎？想要什麼就直接說。」

外表看起來這麼滑稽，口氣倒是挺囂張的。

既然能動能說話，就表示布偶裡面有人吧。

「啊～這麼說來，我有聽說這間店要多一個吉祥物。想必就是你吧？」

「有夠失禮，真是粗鄙又無禮的人類。哦，這位黯淡金髮小哥就是巴尼爾大人說的那個窮光蛋小混混冒險者吧？」

「聽老大這麼說還不會生氣，但聽這傢伙說就覺得火大。」

這個講話完全不留情面的布偶男讓我怒火中燒，於是我踢了他幾腳。

「沒禮貌！知道本大爺是誰嗎！」

「不就是這間店的店員嗎？還穿這種奇怪的布偶裝。把背上的拉鍊拉下來就行了吧？喂，給我出來。」

「混帳，不准脫！住手，快住手！可惡，我不能在巴尼爾大人的據點暴露身分。啊啊，背上這位少女，快阻止這個旁若無人的男人！」

「達施特，他森上有奇怪的威道。跟給我點心的辣個人很像。」

被布偶男求救的菲特馮卻指向布偶男，皺著臉說道。

給她點心的人是指巴尼爾老大吧。既然有同樣的味道，難不成……？

「你是惡魔嗎？」

「沒錯！吾名絕雷西爾特，是人稱殘虐公的惡魔貴族。」

布偶男不可一世地挺胸。

殘虐公啊，我在騎士時代聽過這個名號。據說是個謎團重重的人物，沒想到是這副德性。

「哼，是不是嚇到……為什麼用那種憐憫的眼神看著我？」

「惡魔跟貴族就是怪咖雲集嘛。嗯。」

「從達克妮絲和巴尼爾先生來看，確實如此。」

認同的心情更勝於震驚。

都已經有戴面具的惡魔經營的店鋪了，有穿著布偶裝的惡魔貴族也沒什麼大不了的。

「算了，這不重要。對了，什麼什麼公，巴尼爾老大去哪了？」

「得知我的身分後居然還能處變不驚，我該讚賞你這份膽識嗎……那兩人跟名為和真的少年一起前往洞窟了，還交代我幫忙看店幾天。」

在這個時間點跟和真一起出門了？

「他們跟和真去做什麼？」

「告訴你是無所謂，不過我可是惡魔啊。接受相應的條件吧。沒錯，就是我這惡魔最喜歡的——」

我默默地抓住絕雷西爾特的頭，逼他彎下身子，把他背上的拉鍊稍微往下拉。

「來，把口水滴進去。」

以為來這裡就能吃到點心的菲特馮一直強忍空腹，我將她餓到極點分泌出的大量口水淋到布偶裡面。

「住手！黏呼呼的……唔嘎啊啊啊！什麼？好、好痛！這個唾液怎麼會有刺痛感啊！」

口水滲進布偶裝後，絕雷西爾特倒在地上苦苦掙扎。

我本想對他過於誇張的反應嗤之以鼻，但忽然想到一件事。

喔，原來如此。菲特馮是神聖屬性的白龍，難怪她的口水也帶有神聖屬性。

對惡魔來說，這應該比被熱水澆灌還要痛苦吧。

布偶滿地打滾好一陣子後，如今雖然渾身顫抖，卻還是想辦法站起來。

「你這個人太可怕了，居然能使喚白龍。好，我告訴你就是了，別再讓那女孩靠近我……我記得他們是去幫那個少年練等。」

原來如此。在公會時說要把阿克婭大姊交給那個帥哥，自己卻打算提升等級再追過去啊。雖然很不坦率，但確實很像和真會做的事。

既然巴尼爾老大也出手幫忙，就表示他沒打算幫魔王軍吧。

「跑來這裡搗亂真是不好意思。好，回去吧。」

打聽到想問的情報後，我準備打道回府，絕雷西爾特卻抓住我的衣服。

「給我等一下……」

糟糕，這傢伙的外觀太滑稽讓我一時大意，但他也是惡魔啊。剛才那些行為讓他氣得半死了吧。

我將手移往腰上的劍，挺身向前準備保護琳恩。結果絕雷西爾特立刻側過上半身，用翅膀指向自己後方。

「各位要回去的話，能不能把那傢伙也順便帶走？」

他說的是抱膝窩在店內一角，反覆叨唸「巴尼爾大人不在、巴尼爾大人不在……」的蘿莉夢魔嗎？

琳恩先回公會去了，而我把蘿莉夢魔夾在腋下，準備將她送回夢魔店。

「對了，妳在那邊幹嘛？」

「我去店裡聞巴尼爾大人的味……去店裡幫忙，結果聽到他暫時不會回來的消息。」

這傢伙幾乎每天都會去魔道具店。雖然巴尼爾老大對戀愛沒興趣，對她十分冷淡，她卻從不氣餒。這一點讓我相當佩服。

「老大跟維茲好像跟和真一起去修行了。」

「原來魔王軍真的盯上這座城鎮了啊。」

「妳怎麼知道？為了不讓居民擔心，露娜已經再三告誡我們不准外洩，說到嘴巴都酸了才對。」

難道……她跟魔王軍是一夥的？

她在這座城鎮待太久了，讓我忘得一乾二淨，但夢魔也是惡魔。就算她們選擇支援魔王軍而非人類也不是什麼奇怪的事。

「幹嘛忽然露出那種恐怖的表情？是不是有什麼奇怪的念頭？你、你誤會了。是因為有幾個常客說『就算魔王軍打過來，我也會挺身守護！所以能不能算我們便宜點？』，我才會知道。」

「那群蠢貨……」

原來是那些想在夢魔面前耍帥的傢伙說出去的。

「唉……一群沒用的東西。」

「瞧你這反應，所以消息是真的？」

「……是啊，沒錯。妳們要怎麼辦？這種時候跟魔王軍為敵應該不太好吧？」

「嗯～畢竟我們這些夢魔不隸屬魔王軍，大家也都說要留在這座城鎮了。如果巴尼爾大人命令我去支援魔王軍，我就會乖乖聽命，但他應該不會說那種話才對。」

她將手指抵在臉頰上，微微歪著頭說。

那個樣子看起來不像在撒謊。

夢魔願意留在這裡，我其實十分感激。畢竟那些中堅冒險者是因為這座城鎮有夢魔店才會留下來。

要是夢魔站在魔王軍那一邊，說不定會有人想跟著靠過去。

「說真的，你們有勝算嗎？」

被我抱著的蘿莉夢魔用認真的眼神看著我。

「誰知道呢。」

我在事發前就從黎歐諾公主口中得知細節了。魔王軍似乎派出了數量可觀的軍力，實在不能樂觀以對。

「達斯特先生居然會露出這麼嚴肅的表情，可見不能把這件事當成玩笑看待了呢。不過……」

她閉上嘴，抬眼直盯著我看。

「幹、幹嘛啦。」

「不過，達斯特先生會守護我們吧？」

說完，蘿莉夢魔對我露出安心的笑容。

我默默將她放回地面，把手放在她頭上來回摸了幾下。

「誰管妳啊。害怕的話就先找個地方避難吧。」

「嘴上這麼說，其實你還是會保護我們吧。你這壞蛋～」

別一臉壞笑地戳我側腹啦。

「隨、隨便妳怎麼說。」

「對啊，我就是隨便說說。」

4

將蘿莉夢魔送到店裡後，我在大馬路上閒晃，結果和正在上架的老面孔雜貨店大叔四目相交。

「拿點錢來花花。」

「太突然了吧！你就沒有別的話好說嗎！」

我用言簡意賅的方式表示，結果被大叔劈頭痛罵。

雖然我平常都會把賣剩的商品偷走，但最後還是會拿去賣錢，所以這次才親切地替他省下中間這段流程耶。

「唉，你還是老樣子。最近冒險者不是很忙嗎？」

「忙什麼？」

「魔王軍盯上這裡了吧？」

哦，連大叔都知道了。禁止洩密這個規定跑哪去了啊？

「你是從哪聽來的？該不會是想放出危言聳聽的假情報，暗中操控武器和糧食市場準備大賺一筆吧？…………等等，這招好像可行耶？」

從我口中迸出的這個絕妙點子似乎值得考慮考慮。

「拜託別冤枉我。情報可是商人的命脈。只要是商人，這點情報都能略知一二。」

大叔得意洋洋地摸著下巴哼笑一聲，彷彿在嘲笑我似的，看了有點火大。不過，原來這個機密情報早就傳開來了。

「唉～也沒必要隱瞞了，八成就是這樣啦。大叔，你不把店面收一收準備逃命嗎？」

「別開玩笑了，你以為我耗費多少苦心才開了這間店？這可是我和死去的妻子一起揮汗打拚，費盡千辛萬苦才到手的城堡啊！魔王軍又不是客人，我會一腳把他們踢飛。」

大叔向我展示過度精壯的二頭肌，豪爽地大笑起來。

他好像無意逃跑。

「我說大叔啊，你搞不好會沒命耶？」

「不用你這小子說我也知道。生命確實可貴，但每個人心裡都有比生命更重要的事物吧？」

大叔這話說得自然，不是因為在我面前才刻意逞強。

「算了，這我不懂啦，隨便你吧。」

「哦，就隨便我吧……喂，達斯特。」

「幹嘛？」

「這個拿去。」

說完，大叔扔了個東西給我——是一把長槍。

「你在想什麼，我又不用長槍，而且這還是名匠打造的……既然你要給我，我就不客氣收下了，但我不會再還你嘍。我就找個地方把它賣掉，今晚去花天酒地一番吧！」

「我已經送給你了，隨你處置吧，我管不著。」

平常這種時候他都會對我破口大罵，今天卻一句怨言也沒有。

「比起劍，你應該更習慣用長槍吧。」

大叔好像自稱是武藝高強的前冒險者，看來這話不是隨便說說的。

他早就看穿我真正的實力了。

「哈，之後可別後悔喔。」

「怎麼可能……我很期待你的表現喔。」

我將長槍扛在肩上準備離開雜貨店時，大叔竟拋出這句意想不到的話，讓我急忙回頭。

只見大叔依舊背對著我，揮揮手走進店裡了。

在那之後，我也去了平常有錢時會光顧的酒吧和賭場，結果所有人都聽說了魔王軍來襲的消息。

經過警察局時，甚至還有警察對我說：「達斯特，你要努力守護阿克塞爾喔。」

平常明明都把我當成眼中釘追著我跑，現在是怎樣，有夠噁心。

結果幾乎所有居民都得知了魔王軍來襲的消息，但是每個人都說要留在這座城鎮，沒打算逃命。

「大家都說不想逃命耶。」

菲特馮坐在公園長椅上，將露天攤販買來的串燒吃得精光，心滿意足地將沾在嘴邊的醬汁舔乾淨。我把剛剛那些事告訴了她。

「這裡的人全都是悠悠哉哉的傻瓜耶。俗話不是說『笨蛋只能砍掉重練』嗎？我看那些人砍掉後也是那副德性。」

「達施特不逃嗎？」

菲特馮應該只是單純地問這個問題，我聽了這句話卻僵在原地。

這麼說來……我也可以選擇逃跑啊。

可是我壓根兒沒這個念頭。雖然得知其他人沒打算逃，但我自己也無意逃跑。

「到頭來，我跟那些傢伙也是半斤八兩。」

我從長椅上起身，輕輕將手放上佩在腰間的劍柄。

「你是我的騎士。所以，往後除非是為了我，或是其他你真正想守護的人，否則都不要再使用長槍了。你就用這把劍好好努力吧。」

這是黎歐諾公主臨別前跟我立下的約定。

為了真正想守護的人。

那個人——就是琳恩。

順便再加上小隊夥伴跟我的麻吉……還有這座城鎮那些可愛的笨蛋居民吧。

5

我手裡拿著武器——長槍，在離鎮上有段距離的平原和泰勒、奇斯碰面。

「達斯特，什麼風把你吹來的？」

「居然說想跟我們練武，而且你為什麼拿長槍？」

兩人都沒有拿武器，還滿口怨言。

菲特馮和琳恩就坐在附近的岩石上，似乎只想隔岸觀火。

「我想重新鍛鍊，以防魔王軍攻打過來。」

「這份心意確實可嘉，但我能乖乖相信你嗎？」

「別被他騙了，泰勒。從達斯特過去的行為就知道他沒這種豪情壯志。所以你為什麼要拿長槍？」

泰勒雙手環胸如此呢喃，但被奇斯提點之後，他也用力地點了點頭。

「你是不是犯了什麼滔天大罪，非得用鍛鍊的名義封住我們的嘴呢……雖然於心不忍，但身為夥伴，還是得狠下心將你定罪。」

喂，不要把劍跟盾舉起來好嗎！

「身為你的摯友，現在我可是心如刀割啊，但這也是為了世界和人民著想。對了，能拿到獎金嗎？」

不要一邊假哭一邊拉弓！

「什麼鬼啦！別擅自把我當成十惡不赦的罪人！」

我只是默不吭聲，居然就給我大放厥詞、胡思亂想起來。

「我是真的想找回長槍的技術，而且有些話想跟你們說。」

雖然琳恩知情，但我還沒對泰勒跟奇斯提過以前的往事。
我之所以手持長槍的理由和過往。
以及菲特馮的祕密。
我已經決定對他們坦承一切了。
「泰勒、奇斯，聽我說幾句吧。」

於是，我將我的過去和菲特馮的真實身分毫無保留地告訴了他們。
兩人不發一語默默聽到最後，才嘆了一大口氣。
我已經對他們接下來要說的話做好心理準備，他們卻依舊沉默，表情也毫無訝異，就跟平常沒兩樣。
「你們沒什麼話想說嗎？」
「我只是覺得，你終於肯說了。」
「是說，你該不會以為我們沒發現吧？」
……咦？
這些傢伙早就知道我隱瞞至今的往事了？

「什麼時候發現的？」

「這個嘛，真要說的話，其實原本只有隱隱約約的感覺，是這陣子才終於確定下來。雖說你現在是個上得了檯面的稱職小混混，但初次見面時就能看出你教養很好。我們還懷疑過你以前是不是騎士或貴族呢。」

「對啊，你的用字遣詞也很可疑，一看就知道是在勉強自己。再說你的身體能力明明異常優秀，劍術卻沒有好到那種程度，根本兜不攏啊。」

我明明拚命掩飾，結果卻破綻百出。

我之前的辛苦是為了什麼啊……

「所以說實話……聽你說完我就能理解了，但我確實沒料到你真的是傳說中的龍騎士。至於菲特馮……普通少女怎麼可能吃這麼多啊。」

「沒錯。從物理上來說，她的食欲實在太詭異了。而且白龍現身的傳言也來得太巧了。」

泰勒身旁的奇斯也用力點了點頭。

原來我先前都白操心了。縱然對此感到心安，鬱悶感也同時湧上心頭。能盡早達成共識固然很好，但早知如此，我倒不如一開始就跟他們說清楚。

「唉──算了，你們能理解當然最好。」

我深深嘆了口氣，忽然覺得隱瞞至今的愧疚所累積的重負頓時卸下，身體變得輕盈許多。

「達斯特，我們是夥伴耶，怎麼可能沒發現這種事。」
「就是說啊。以後不准再對我們有所隱瞞了喔。」
夥伴啊。也對，往後就再多信任他們一點吧。
「那你們也知道琳恩跟黎歐諾公主掉包的事嗎？」
我拋出這個問題後，兩人的表情頓時一變。
他們目瞪口呆地瞄了琳恩一眼。
「咦？喔、嗯，當然知道啊，怎麼可能把夥伴跟其他人搞混嘛。對吧，奇斯？」
「是、是啊，那還用說嗎？」
兩人露出可疑至極的笑容，搭著肩膀發出乾笑聲。
琳恩瞇著眼盯著他們看。
「那我們是從什麼時候掉包的，說說看啊。既然是夥伴應該會知道吧？」
琳恩笑容滿面地對兩人提出疑問。
「這問題太簡單了吧。好，奇斯，直接告訴她吧。」
「王八蛋，我哪知道啊，別推給我！」
「快點～快點說啊～」
琳恩跳下岩石，笑盈盈地走過來。

奇斯和泰勒被一步步逼入絕境。

菲特馮一臉呆滯地盯著他們。

「噗哈、啊哈哈哈哈哈！」

見狀，我不禁笑了出來。

隱瞞許久的過往曝光後，我本來已經做好被小隊除名的心理準備了，沒想到他們竟是這種反應。

「笑屁喔，快讓琳恩消消氣啦！」

「拜託啦，達斯特！」

「真拿你們沒辦法。來，我會給妳一個熱情的擁抱，妳就原諒……太危險了吧！不要忽然擊發魔法啦！被打到會死人耶！」

面對手持魔杖步步逼近的琳恩，我們開始拉拉扯扯，想把對方推出去當擋箭牌。

「我可是馬上就看出來了，畢竟胸部——」

「你們該不會覺得冒牌貨胸部很大，氣質高尚又優雅吧？」

「「「當然沒有！」」」

我們拚命找藉口解釋，直到琳恩放下魔杖為止。

在那之後，我都在跟夥伴們練武。

「哈啊、哈啊、呼──簡直判若兩人嘛。」

泰勒坐倒在地，試圖調整倉促的呼吸。

奇斯則在離他稍遠的地方，將沒安裝箭頭的空箭筒扔在一旁，直接往地面一躺。

「不會吧，我一箭都沒射到他。」

即使我狠狠地打趴了他們，卻依然不滿足。

認真使用長槍後，我發現自己的技術真的退步了。儘管長槍比劍更容易上手，我的實力也變強許多，但全盛時期的我沒這麼差勁。

「奇斯、泰勒，謝謝你們陪我訓練。菲特馮，再來輪到妳了。我們去散散步，順便練習吧。」

「嗯！」

身為一名龍騎士，要是連騎乘術都不成樣子，未免也太遜了。

看到氣勢洶洶的菲特馮馬上準備脫衣服，琳恩急忙跑到她身邊。以不讓我們看的方式遮住我們的視線。

「喂，你們都給我轉過去。」

我對幼女的裸體一點興趣也沒有，但前陣子這麼說後卻被菲特馮咬了一口，於是我乖乖轉到後面去。

「可以了。」

我轉過頭，看到琳恩騎在白龍身上。

「喂，妳怎麼坐在上面？」

「有什麼關係，兩人共乘比單獨騎乘更值得練習吧。好了，快上來吧，上來。」

雖然她嘴上這麼說，但應該只是很喜歡之前我載著她夜間飛行的感覺吧。

「真受不了妳。會變得有點重喔，沒問題吧？」

我摸摸菲特馮的脖子對牠這麼說，牠便將臉湊過來。看樣子是得到牠的允許了。

我坐在琳恩前面，她就將手環住我的腰際。

「我們去飛一會兒再回來，你們可以休息一下。」

「這樣啊，那就恭敬不如從命了。」

「愛飛多久飛多久吧，我先睡了。」

視線下方的泰勒和奇斯躺著跟我們揮揮手。

菲特馮用力振翅後，我全身就被飄浮感所包圍，頓時飛升而起。

「之前飛的時候是晚上，沒什麼真實感，但這其實滿恐怖的耶。」

琳恩緊緊擁住我。雖然胸部因為身體緊貼壓了上來，不過……如果她再有料一點，我會比較開心。

「你現在是不是在想很失禮的事？」

「不要勒住我的身體！我掉下去的話妳也會死喔！」

我差點就要摔下去了，好不容易才將身體拉回原位。

將飛行高度拉升到其他人看不見的位置後，我看見前方不遠處也有飛行物，而且還不只一個。

「那是什麼？琳恩，妳看得到嗎？」

「咦？哪裡哪裡？」

琳恩將臉轉向我所指的方向，瞇起眼睛仔細凝視。

「嗯──我只看到幾個點耶。」

「再靠近一點好了。」

那群物體的飛行位置比我們還低，就算拉近距離應該也不會被發現。

當樣貌逐漸清晰，我才發現那群物體不是鳥。

「背上長著翅膀的……人型？」

「大概是惡魔之類的吧。」

既然長了一對黑蝙蝠翅膀，那應該就是夢魔，或是之前對戰過的裴莉亞那種惡魔。

「惡魔居然成群結隊地在這種地方飛行，不覺得很奇怪嗎？」

「確實很怪。難道是魔王軍的偵察部隊？」

在大規模戰鬥中，跟戰力同等重要，不，比戰力更重要的就是情報。

當我還是騎士時，隊長就已經對我們一再重申情報的重要性。

「糧食可以中途調配，戰力也能靠戰略補足，但情報最重要的就是要在事前取得。再說，糧食調配和戰略也都得倚賴情報，這一點請各位牢記在心。」

我印象非常深刻，到現在都還記得隊長說過的每句話。

如果是偵察部隊，要不要現在就消滅掉？

這些數量從上空發動強襲應該不是問題，如今還有琳恩的魔法可用。

不，等一下，在這裡打倒他們並非良策。要是夥伴未歸，只會讓魔王軍提高警戒，再送另外一批惡魔過來。

「要怎麼辦？」

「假如他們是魔王軍的人，事先削弱戰力並無不可，但他們也可能是毫無關係的流浪惡魔。」

「流浪惡魔……但也有像巴尼爾先生那種惡魔就是了。」

在鎮上與我們共存的夢魔也很難用「普通」兩個字形容她們。不能因為貴族和惡魔的怪咖率很高，就一竿子打翻一船人。

把這些惡魔打倒後，總不能用一句「抱歉，我認錯惡魔了」就此了事。

「但如果他們跟魔王軍有關，貿然接觸也很危險吧。」

「就是啊。至少要知道他們的身分……啊。」

我想到一個不會被懷疑又能接觸他們的方法了。

跟菲特馮說要回去之後，為了不被他們發現，我們繞了一大圈才飛回泰勒他們身邊。

「這麼快就回來啦。」

「喂喂，雖然空中比較開放，但你們也做太快——」

奇斯立刻被琳恩的魔法轟飛。我沒理他，再次飛上天空。

「我去想辦法搞定那些人，你們先回去吧。」

「知道了。我待會兒再跟他們解釋。」

將後續交給跳下地面的琳恩後，我動身趕往那群惡魔……不，是阿克塞爾。

6

「喂——蘿莉莎在嗎？」

一踏進夢魔店，我就拉開嗓門尋找蘿莉夢魔。

「哎呀，達斯特大人。您要找那孩子嗎？」

夢魔店長風情萬種地走過來

她跟蘿莉夢魔不一樣，身材凹凸有致，舉手投足間都散發出致命的吸引力。

「她也不在魔道具店，所以我猜可能在這裡吧。但怎麼沒看到她？」

放眼望去，店裡只有身材讓人想抱緊處理的夢魔，身形乾扁的蘿莉夢魔不在。

「您來得正是時候。她正因為巴尼爾大人不在變得失魂落魄，請您把她帶走吧。再繼續消沉下去也沒辦法工作。」

蘿莉夢魔被店長叫過來，明顯失去了往日的霸氣。

她低著頭不停嘆氣。

「愁雲滿面耶。」

「一天沒見到巴尼爾大人的尊容，沒聞到他的氣息一次，我就渾身沒勁。」

「老大的身體是土做的……妳去聞地面的味道啊。」

「別把巴尼爾大人的身體跟那種普通的泥土相提並論！」

呃，就是普通的泥土啊。

之前老大說過他的面具才是本體，身體是什麼土都無所謂耶。

「喂，幫我個忙。反正妳留在這也沒什麼用吧？」

「我才不要。我今天完全沒幹勁，不想做任何事也不想出門。」

她鼓起雙頰，將臉別向一旁表示拒絕。

這女人真的很麻煩耶。

「別這麼說嘛，我會給妳讓妳幹勁十足的東西。」

「我不會再上當了，之前你還謊稱那個杯子是巴尼爾大人用過的呢。啊～如果要給我巴尼爾大人烙印的饅頭，我倒是可以考慮考慮！」

幹嘛又想起這件事啊？

我每次都隨口撒謊利用她，現在竟然學聰明了。

「對不起，我跟妳道歉。這次的不是假貨，而是貨真價實的真品。」

「哼！」

雖然她把頭轉到一邊，但眼神還是瞧著這裡。

「這次是老大粉絲必看的物品。」

我從懷裡掏出一件內褲。

看到內褲的瞬間，蘿莉夢魔立刻高速逼近，目不轉睛地死盯著內褲。

「我才沒這麼好騙……這股芳醇又讓人眷戀無比的香氣，跟巴尼爾大人身上的香味一模一樣！」

她把血絲遍布的雙眼睜到極限，說得慷慨激昂，看起來有夠噁心。

但她還是馬上就上鉤了。我只是把魔道具店庭院的土抹在市售內褲上而已。

「真拿你沒辦法，我就幫幫你吧，下不為例喔。別把我當成隨便的女人喔。」

如果她沒有小心翼翼地折起內褲收進懷裡，多少還有一點說服力。

「所以呢，要我幫你什麼？」

「喔，其實是——」

「所以，只要去跟可疑的惡魔團體問話就好了吧？」

「沒錯。如果他們是魔王軍的人，妳能幫我問出細節嗎？」

「可以啊，跟客人套話是我的強項。而且我們夢魔平時也很受這座城鎮的人照顧，這點小忙算不了什麼。」

她拍拍胸脯，一副自信滿滿的模樣。

回想她剛才的舉動，其實我內心充滿不安，但現在也只能靠她了。

當我騎上以白龍樣貌藏在森林裡的菲特馮時，不知為何蘿莉夢魔也「嘿咻」一聲坐在我後頭。

「喂，妳可以自己飛吧。」

「我跟菲特馮的速度相差太懸殊了，而且我也想試試騎龍的感覺。好，我們出發吧！」

蘿莉夢魔情緒亢奮地不停揮手。我奉勸她一句「妳要抓緊喔」，就全力飛向高空。

「唔哇～好快喔！雖然坐在上面屁股有點刺痛感，得讓自己懸空，但體驗過騎龍的感覺之後，感覺就不太想自己飛了耶。」

所以她才從後面用雙腳纏著我嗎？

「不要亂晃！這樣很危險！」

她一直在後面大聲嬉鬧，吵死了。

屁股之所以會有刺痛感，是因為白龍是神聖屬性吧，跟惡魔不對盤。

「哦，看到了。」

我放慢速度，從上空觀察成群結隊飛行的那些惡魔。

形似蝙蝠的翅膀跟蘿莉夢魔很像，但飛在空中的人全是男的。

「妳知道他們是什麼種族嗎？」

「唔哇，是男夢魔……」

蘿莉夢魔板著一張臉如此嫌棄道。看她的表情，是不是很不喜歡那群人？

「男夢魔，就是男版的夢魔嗎？」

之前聽說過有種男性惡魔會從女人身上獲取精氣，跟夢魔恰好相反。

「別把我們混為一談！男夢魔是夢魔的天敵。我們的確都是夢魔，但那些人全都是噁心的自戀狂，自我感覺超級良好又傲慢得不得了。實在讓我噁心至極！」

她說得好激動，整張臉都漲紅了，看來是真的很討厭。

除了阿克西斯教徒之外，蘿莉夢魔對其他人都很親切，這些人竟能讓她嫌棄得如此徹底。

「那就沒辦法去打聽消息了，想想別的方法吧。」

「不，我要問，讓我去吧！」

我以為蘿莉夢魔喪失了幹勁，結果她握緊雙拳，雙眼炯炯有神。

「哦，幹勁十足啊，怎麼回事？」

「我以前曾經被男扮女裝的男夢魔搶走客人……客人明明說喜歡我這種可愛小女孩，當時他竟然說『不是中性的女孩子，是男孩子啊！這才是我追尋已久的理想情人啊！』你能相信嗎？太詭異了吧！讓我受到這等屈辱，我絕對不會放過他們、絕對不會、絕對不會……」

蘿莉夢魔低著頭，咬牙切齒地瘋狂詛咒。

感覺不要太過深究比較好。

但要是她氣成這樣，等等可能會臭著臉對男夢魔惡言相向。先讓她稍微消消氣好了。

「是、是喔，那傢伙太沒眼光了吧。不管怎麼想都是妳比較有魅力啊。換作是我，就會毫不猶豫地指名妳。」

「嘿嘿嘿，對吧～真是的，你很懂嘛。」

她的心情立刻變好，一臉呆笑地面露羞赧。

芸芸也好，這丫頭也好，我身邊的人怎麼都這麼好騙？啊，只有琳恩例外。

「哦，他們落地休息了，要搭話的話就趁現在。」

「了解。啊，對了！達斯特先生也一起來。」

「我這個人類過去幹嘛啊，會讓他們提高警戒吧？」

「放心啦。到時候我會好好處理，包在我身上。」

她莫名自信滿滿的樣子反倒讓我害怕，但既然已經決定讓她處理，我也只能乖乖配合。

為了不被男夢魔發現，我拉開距離在稍遠處降落。讓菲特馮變回人型後，再像平常那樣將她揹在後頭。

我跟在蘿莉夢魔身後，慢慢接近那群男夢魔。

隨著距離拉近，對方的樣貌也越來越清晰，但那群傢伙是怎麼回事？

把頭髮弄得蓬到不行，還戴著耳環。明明是男人卻頂著妝容，甚至還上了眼影。

穿著黑西裝但沒繫領帶，裡面的襯衫是對眼睛不太友善的豔麗色彩，胸口處還大大敞開。看到男人的胸口，我也高興不起來。

戴在手上的好幾枚戒指在光線反射下閃閃發光，看了有夠煩。

他們落地後就將翅膀隱形了，乍看之下就是一群輕浮男。

「那個，請問各位在這裡做什麼呢？」

蘿莉夢魔毫不畏懼地對外型可疑的男夢魔搭話。

「哈囉，是個可愛的小妹妹呢。找我們有事嗎？」

他們明明瞥了我一眼，卻徹底忽視我的存在。完全不把男人放在眼裡啊，真沒品。

「……呃，就很好奇你們在做什麼呀。」

「呵，我們只是在樹蔭下休息而已，可愛的小鳥。」

實在太噁心了，讓我背脊竄過一陣寒意。

這些傢伙一定要比手畫腳才有辦法說話嗎？還有，不要一講話就把長到不行的頭髮撩起來好嗎？覺得麻煩就去剪掉啦。

「這樣啊。」

面對這些光是存在就讓人無比厭煩的人，蘿莉夢魔居然還能繼續微笑以對，真有一套。

「對了，你們是男夢魔吧？」

蘿莉夢魔面帶微笑地歪頭詢問，那群男夢魔就全都站了起來。

哦，剛剛的嘻皮笑臉馬上變了個樣，露出嚴肅的表情了呢。

我往前踏出一步，將蘿莉夢魔擋在身後。

「喲～帶著孩子的小哥挺帥的嘛。知道我們是誰還跑來搭話，你們安得是什麼心啊～？」

所有人背上都展開了蝙蝠翅膀，似乎沒打算隱瞞身分。

「不必如此警戒，看看我。」

蘿莉夢魔走到我身邊背對那群人後，有樣學樣地展示出自己的蝙蝠翅膀。

「哇喔～！原來是同行啊。既然這樣就早說嘛。」

劍拔弩張的氣氛頓時消散。

男夢魔用兩手食指指著我們說「真是個壞壞的小淘氣」，簡直煩死人了。

「你們要去阿克塞爾嗎？」

「是啊～有點工作要忙。」

「該不會是為了攻打阿克塞爾先來探路吧？」

「嗯嗯～？奇怪～這在魔王軍裡也算是超機密任務，妳怎麼會知道呢～？」

雖然語氣還是很輕浮，眼神卻銳利了幾分。

有幾個人已經將手伸向佩在腰間的短劍了。

「這個嘛，其實我也潛伏在阿克塞爾進行諜報行動。」

「是嗎？但妳旁邊那傢伙是人類吧？」

「對，沒錯。他是魔王軍的幫手，是來幫我的。」

這種設定請事先跟我告知好嗎？話題忽然轉到我身上，我只能先扯出含糊的笑容。

但我不認為對方會相信這種離譜的設定。

「請看看這張輕浮的臉，不管怎麼看都像個叛徒吧？」

「嗯，確實很像～背上那個小孩也是偽裝吧？真有你的。」

「你是不是愛死錢了？」

「我懂我懂，他不是人，是穿著衣服的人渣。」

等一下我要把這群混帳全部揍飛。

他們馬上就相信這個設定讓我有點不爽，但此刻我還是強忍了下來。

「順帶一提，我是巴尼爾大人的部下。」

「咦？妳說的巴尼爾大人，是那個巴尼爾大人嗎？他好像老是在魔王城搗亂，讓魔王大人非常頭痛。聽說他被降職了……不會吧。那妳也很辛苦吧。」

雖然僅有一瞬，但他剛剛變回原本的語氣了。不過，巴尼爾老大以前在魔王城也會做這種事啊？

我記得和真之前喝酒的時候說過巴尼爾老大是前魔王軍幹部。當時我以為他是隨口胡謅，聽聽就過了，沒想到是事實。

他現在也很想要自己專屬的地城，才在維茲的魔道具店幫忙。

「那我們來交換情報吧？」

「好，麻煩你了。」

我假裝沒興趣，偷偷聆聽他們的對話。

蘿莉夢魔憑藉在服務業訓練的話術，抬舉對方的同時也探出了消息。拜她所賜，我們得到了非常有利的情報。

簡而言之，在魔王軍中接近人型，經常有機會接觸人類的男夢魔被選為偵察部隊。

他們的外表確實與人類無異，但選這麼花枝招展的人實在太失策了吧。

但這下糟了。情況出乎預期，而且還是往負面的方向。

男夢魔告知的魔王軍大略戰力隨隨便便就超過我想像中的數目。

光是預計攻向阿克塞爾的戰力就相當驚人了，但保險起見，還是先派這些人過來打聽詳細情報嗎？看來對方的指揮官也不是無能之輩。

現狀就已經相當危急了，要是讓對方提高戒心加強戰力，那就太棘手了。

我不想讓他們調查阿克塞爾導致我方戰力曝光……咦，等等。了解阿克塞爾的狀況後，他們會提升戒備嗎？

大白天就在喝酒鬧事的冒險者。

自由奔放程度完全不輸這些冒險者的居民。

以及以阿克婭大姊為首，隨心所欲、到處滋生事端的阿克西斯教徒惹人厭的樣子。

……偵察部隊反而會放鬆戒心吧？

「那個，不嫌棄的話，要不要我帶你們去阿克塞爾看看呢？我對那個城鎮可是一清二楚，嘿嘿嘿嘿嘿。」

我看準話題結束的時機，搓著雙手這麼提議，蘿莉夢魔一臉震驚地看著我。

「咦？真的嗎～謝啦～就拜託你嚕～」

男夢魔語氣輕浮地這麼說，還配上超誇張的動作。

啊，好想扁他。

「等等，達斯特先生。」

蘿莉夢魔抓著我的衣服把我拉開。

跟那群人隔了一段距離後，她揪住我的耳朵將嘴湊過來。

「你在想什麼啊！怎麼可以幫助敵人呢！」

「別在我耳邊大聲嚷嚷！我說妳啊，動腦想一想好嗎？與其放任他們隨意偵查，由我們主動引導豈不是更好？」

「你的意思是故意提供會讓對方鬆懈的情報嗎……這麼說確實有道理。難得你會動腦思考耶。」

「把『難得』兩個字拿掉啦，算了。如果其他夢魔姊姊也願意幫忙，就不會讓他們探聽到多餘的情報了。」

「說得也是。我知道了！我去跟同事和前輩說一聲。」

「拜託妳了。」

但願這麼做能讓魔王軍放鬆戒心。

7

把對付男夢魔的差事交給夢魔後，我返回冒險者公會。

看到先回來的琳恩等人，我便走到那一桌入座。

「哦，回來啦。那群惡魔怎麼樣了？」

「那邊已經解決了。我還聽到一些不太樂觀的情報——」

我刻意隱瞞夢魔的事，大略說明了一下。

將魔王軍規模超乎想像的事實告訴他們後，所有人都眉頭緊蹙。

「喂，情況不太妙吧？」

奇斯輕聲低喃，卻沒有人回答。

或許是因為大家都是同樣的心情吧。

「雖然有好幾個等級超過三十的冒險者，但不論怎麼想，戰力確實處於不足的狀態。老實說，情況相當吃緊。」

「我有同感。光靠冒險者應該打不贏吧？」

泰勒和琳恩也都愁容滿面。

「就算有其他戰力也沒用。阿克塞爾就算有衛兵和警察，可是實力不夠強，人數又少。有沒有能和冒險者匹敵的戰力……厲害的人啊……」

「要是巴尼爾先生和維茲小姐願意幫忙，就能安心多了。」

為了確認這件事，我已經去過魔道具店了，但兩人都不在。

雖然覺得他們不會與我們為敵，但檯面上會不會出手幫忙就很難說了。維茲應該願意幫忙，但巴尼爾老大好歹有「前任幹部」這個立場在。

「誰知道呢。雖然我對老大有所期待，卻不知道他心裡在想什麼。」

我現在依然完全不知道巴尼爾老大在想些什麼。

只知道他很喜歡人類厭煩時的負面感情而已。

「這麼一來，我們就非得變強不可了，但等級提升也有個限度在。和真那種最弱職業的冒險者升等應該很快，但我們努力鍛鍊也不確定能不能往上升一級。」

「達斯特說的沒錯。我們沒辦法一夕之間就強到判若兩人，天底下沒這麼好的事。」

泰勒這句話變成壓垮駱駝的最後一根稻草，所有人只能環起手臂低聲咕噥。

目前最好的辦法就是升等，但我們的成長幅度不會太大。

在這個除了苦惱別無他法的狀況下，琳恩抬起原本低垂的頭，直盯著我看。

「不過，就算我們不行，達斯特應該辦得到吧？如果他能找回龍騎士的實力就好了。」

聞言，泰勒和奇斯都露出恍然大悟的表情凝視著我。

「對啊，沒錯。讓達斯特好好鍛練，應該是通往勝利最快的捷徑。」

「雖然要倚賴達斯特讓人很不爽，但好像只有這個辦法了。」

平常遇到這種狀況，我一定會嫌麻煩而拒絕，但這次情況特殊。假如我能找回接近全盛時期的實力，說不定就有勝算。

「好啊，包在本大爺身上吧！不管是何等修行，我都會努力撐過去。」

為了讓夥伴們鼓起勇氣，態度還是積極一點吧。

「那要怎麼鍛鍊呢？要不要來個沒死也會剩半條命的艱苦修行？」

「喂，琳恩。」

「啊，還是找個可怕的地城把他扔進去？只要他手上有長槍就不會死吧，應該可行。」

幹嘛若無其事地說這種嚇人的話。

「喂，奇斯。」

這群人因為事不關己就開始口無遮攔了。

「等等，我們應該認真研擬才行。要找回以前的實力，增加鍛鍊次數是最好的方法。但能輕鬆應付的對手又沒辦法有效鍛鍊。」

哦～不愧是泰勒。他是唯一為我認真考量的人。

「要有一定強度，數量夠多，又能讓達斯特全力迎戰的敵人。如果剛好有這種適合的對手就好了。」

「會有這種符合所有條件的敵人嗎？但說到能讓達斯特拿出幹勁的對手，那倒是簡單明瞭。反正只要是人型、貌美、身材火辣就行了吧？」

「哦，你很懂嘛。」

我完全同意並點頭以後，琳恩就瞪了我一眼。

「女性魔物，數量還要夠多……啊，我想到了。」

奇斯「啪」地拍了個掌，接著對泰勒和琳恩低聲耳語。

聞言，兩人頓時神情一亮，還不停點頭。

「幹得好啊，奇斯。真是個好主意！」

「嗯嗯，條件正好符合呢！」

「喂，別自顧自達成共識，說來聽聽吧。這樣我很在意耶。」

「到現場就知道了，敬請期待。」

看到他們三個露出令人毛骨悚然的竊笑，我好奇地問道。但不管怎麼問，他們就是不肯多加透露。

從他們的態度來看，我的第六感警鈴大作直呼危險。

於是我默默拉開椅子。

「哎呀，我想到還有急事要辦，先走了。」

說完，我立刻準備起身，奇斯跟泰勒卻緊緊抓住我的肩膀。

「你想去哪裡？你剛剛不是說『不管是何等修行，我都會努力撐過去』嗎？」

「放心吧，對手是你最愛的女性魔物。順帶一提，還是巨乳喔。」

「太好了呢，達斯特。」

「最好是能信啦！別再用那種莫名溫柔的語氣說話了！菲特馮，別再吃了，快來救我！」

爭執途中，我向始終事不關己繼續吃飯的搭檔求助。

菲特馮瞄了我一眼且準備起身，但琳恩將自己的甜點盤移到她面前後，她又默默坐下了。

「不要輸給食欲啊！喂喂，為什麼拿著繩子走過來？就不能先好好談談嗎？聽、聽我說啊！」

夥伴們對我說的話充耳不聞。我被他們用繩子五花大綁後，直接空運至目的地。

我左搖右晃地往下一看，一大片草原映入眼簾。

我目前正以馬車無可比擬的速度滑翔，所以早就看不到阿克塞爾的影子了。

黎歐諾公主被懸吊在半空中時也看過這樣的景色吧。

「那個，差不多該把我鬆綁了吧？」

「不行，鬆綁之後你會逃跑啊。」

「是能逃去哪啦！」

我現在被繩子捆著在空中飛行。

正確來說，是在層層纏捲的狀態下被吊在菲特馮脖子上飛行。

只有琳恩一個人坐在菲特馮背上。

要是連泰勒和奇斯都坐上來就會超載，最後決定讓琳恩騎乘。但他們倆都用羨慕的眼神直盯著白龍看。

……他們好像也很想騎騎看。

「嗯～風吹過來好舒服啊。」

我索性放棄掙扎，決定享受目前的狀況試著逃避現實，現狀卻沒有任何改變。

「咦？這一帶的景色很眼熟啊。」

「那還用說，因為你來過這裡啊。」

嗯嗯？我來過這裡？

從阿克塞爾出發後直直往前飛的方向。啊——有種不祥的預感。

「你忘了嗎？繼續往前飛就是阿爾坎雷堤亞啦。」

「噗哈！喂、喂，妳瘋了嗎！幹嘛去那個阿克西斯教徒的大本營啊！」

我對那個城鎮只有悽慘至極的回憶。

瘋狂被傳教，巴尼爾老大還引發大騷動。那個地方的人腦子都有問題，我才不想去第二次！

「放我下來！與其去那種地方，我還不如去死！」

從這個高度掉下去不可能毫髮無傷，但總比去那個城鎮好。

我這麼心想並瘋狂掙扎，身體卻猛然往地面墜落。

「唔喔喔喔喔喔喔喔！」

「既然你這麼想下去，那就如你所願。」

菲特馮急速降落，在即將碰地之前停下。繩索被切斷後，我直接摔在地面上。

「痛死了！妳在幹嘛！」

「我只是照你的話去做而已。喏，長槍也給你嘍。好了，加油吧。」

被拋出的長槍直接刺在我旁邊的地面上。太危險了吧！

琳恩繼續騎在菲特馮身上，悠哉地揮了揮手。

「等一下！怎麼可以把我丟在這裡啊！阿爾坎雷提亞在哪個方向！」

「別擔心，目的地就是這裡。而且我們早就飛過阿爾坎雷提亞了。達斯特，你仔細聽好，這裡是某個魔物的棲息地。你要做的只有一件事，就是拚命活下來。就這樣，我先走了。」

琳恩把話說完後，菲特馮就馬上飛向高空了。

雖然看不出她在打什麼主意，但總比被帶去阿爾坎雷提亞好多了。

不知道是什麼魔物，總之打打看吧。

我將長槍拿在手上四處觀望，只見遠方揚起一陣塵煙，還緩緩往這裡靠近。

「那是什麼？一群奔跑蜥蜴嗎？」

我定睛凝視，對方的身影也越來越清晰。

當我發現那是什麼魔物時，背上瞬間汗如雨下。

「姊妹們，快看快看！那裡有個金髮帥哥啊啊啊啊！」

「看起來有點油腔滑調，還有粗獷男人味，完全是我的菜啊啊啊啊啊啊！」

「感覺性慾超強！誰受得了啊啊啊啊！」

大聲咆哮著衝過來的——是一群母半獸人。

「不、不會吧……」

據說半獸人這個種族的雌性性慾特別旺盛。雄性的精氣跟下半身都被榨得一滴不剩，導致絕種。

最可怕的是，性對象還不限於同族……連人類都在牠們的狩獵範圍內。

如果外表跟人類沒什麼差別就算了，就算是長了頭髮的個體，也都頂著一張豬臉和臃腫肥胖的身體。身為人類，我只想嚴正拒絕。

成群結隊的母半獸人滴著口水往這裡靠近。

眼前的景象宛如惡夢，我看都不想看。

「開什麼玩笑！喂，別耍我了！琳恩！現在我還能原諒妳，快給我下來！」

「我相信達斯特一定辦得到……要好好守住喔。」

不要故意裝出淚眼汪汪的樣子！

「守住什麼啊！把主詞說清楚！我要守的是阿克塞爾，還是下面的小老弟啊！」

我對慢慢飛遠的琳恩大喊，揮著手的她身影卻越變越小。

「真的對我見死不救啊……回去之後給我走著瞧。我要把妳剝個精光，瘋狂搓揉那對小得可憐的胸部！」

我揮舞長槍發出怒吼後，槍頭卻應聲落地。

不……不會吧？咦，槍頭沒了，就變成普通的長棍而已了耶？

大叔，你居然沒有認真保養！

「哎呀～光有那根長棍，你想做什麼呀，真是死相。」

「既然這麼想揉胸，那就讓你揉個夠！」

聽到近處傳來的聲音，我戰戰兢兢地回頭一看，發現半獸人已經在我身邊圍成半圓形，試圖將我團團包圍。

所有人都滿臉通紅地喘著粗氣。不要自己揉胸顯露巨乳啦！

那些慾望滿盈的銳利目光儼然就是盯上獵物的獵人。

「那、那個，不覺得人類跟半獸人這兩個物種不相容嗎？」

「沒事的，我們對異種族一視同仁，儘管放心吧！你什麼也不用做，只要盯著天空看，很快就會結束了！」

請問是哪一點能讓我放心啊！

雖然我很想逃，卻被徹底包圍了。這裡總共有幾隻啊！

「你藏在下面的武器，是不是也跟這根棍子一樣雄赳赳氣昂昂啊？呼、呼、呼。」

「不不不，只是把又鈍又小的爛刀而已！不要抱太大希望！」

「我對武器來者不拒。既然很鈍，就用我的櫻桃小嘴幫你打磨成鋒利無比的巨、神、劍。」

「拜託饒了我吧啊啊啊啊啊！」

落入牠們的魔爪後會有什麼下場，我實在不願多想。

要是半獸人的外型跟人類相差無幾，我當然樂意奉陪。但不管怎麼看，牠們就只是用雙腳行走的豬。

「之前不小心讓一個小鮮肉冒險者逃了，這次絕對不會讓你得逞。」

「差點就能奪走那孩子的第一次了說！」

雖然不知道那個人是誰，但原來有人成功掙脫啊。那我也要！

「混帳，不許動。再繼續接近的話……」

我緊握失去槍頭的長槍，奮力揮舞以示警戒。

「誰理你啊。不靠近你的話，就沒辦法這樣那樣了啊。」

「我不怕痛喔。一開始可以讓你先頂，之後我再騎上去撞一撞就好了。」

「哪裡好啊！」

不行，這些人用講的講不通。

被牠們抓住的話，我一定會被吃乾抹淨，榨得一滴不剩！

我現在只能用這根長棍攻擊嗎？可惡啊！

「我受不了了～！我要讓你變得黏黏糊糊、亂七八糟的！」

「上半身讓給妳們，但下半身我要第一個騎上去！」

這群忍到極限的半獸人衝了過來。

「唔喔喔喔喔！我一定要守住貞操順利回家！這次搞定後，我要去夢魔店要求爽到最高點的美夢啊啊啊啊！」

下定決心之後，我奮力一吼，含淚衝入敵陣。

我現在上半身全裸，只穿著一條內褲，頭髮也亂成一團。將手上的長槍當成拐杖，好不容易才站穩腳步。

悽慘落魄的我用力吸了一口氣，雙眼緊盯上空。

「呼、呼、呼。終於逃出來啦啊啊啊！」

喜悅的吶喊響徹了整片平原。

揍了幾隻半獸人後，我終於突破重圍，衝進森林裡屏住氣息躲了起來。雖然一路上都能各個擊破，但半獸人的恢復力十分驚人，被我打倒後又陸續活過來。

所以數量完全沒有減少。

不管我怎麼打，牠們都會再度復活飛撲過來，簡直是永無止盡的惡夢。

歷經整整一天拚了命地戰鬥，我好不容易才成功掙脫包圍網。

「人類果然是肯做就能成功……」

湧上心頭的安心和解放感讓我淚流滿面。

我用力深呼吸，讓情緒冷靜下來。

「雖然槍頭脫落這件事很誇張，但確實是名匠打造的寶物。」

雖然只剩槍柄，但這把長槍還真耐操。經過無數次打擊和突刺還毫髮無傷地留在我手裡。

我輕輕揮舞這把一整天都沒離手的長槍。

風切聲明顯跟之前大不相同。現在我已經將這把長槍用得相當順手了。

其實在攻擊半獸人時，速度也是越到後面越快，手感也好上許多。

「這也是那些傢伙的功勞啊。」

多虧他們把我扔進這個逆境，我才能找回往日的槍術。

就算被半獸人抓住，衣服被扯得稀巴爛——

上半身被舔來舔去——

被逼入差點就要合體的絕境——

種種難關都化為養分，讓我變得更強。所以要好好感謝將我丟進逆境的夥伴……

「怎麼可能啊啊啊啊啊啊啊啊啊啊！」

被逼入絕境的這份絕望和恐懼，光想就讓我全身發抖、毛骨悚然。

「不可原諒，絕對饒不了他們啊啊啊啊！」

當我誓言要對夥伴們復仇時，遠方的天空出現一個白色小點。

是菲特馮來接我了嗎？雖說菲特馮敗給食欲對我見死不救，讓我懷恨在心，但她似乎沒搞清楚狀況，所以還能放她一馬。

但我不會放過那些人，絕對不會！等我回到阿克塞爾就給我走著瞧！

8

「對不起，達斯特。這是我們的賠禮，請笑納。」

一看到我走進公會，泰勒還沒等我開口就拋出這句話。

「這是道歉就能解決的……問題嗎……這什麼意思？」

我瞄了一眼放在桌上的袋子，發現裡面裝了不少錢。

「你可以全部拿走。要用這筆錢玩女人還是賭博都是你的自由，好好享用吧。」

「今天一整天，我們都不會干涉你的行動。」

「哦，好喔？」

夥伴們的體貼之舉讓我驚訝又困惑，怒氣頓時下降不少。

有這麼一大筆錢，就算還完欠債，也能爽爽過好幾天。

「我們也會幫你照顧菲特馮，你就開開心心地放風去吧。」

還真是無微不至啊。

「既然都說到這個份上了，我就放你們一馬。好耶，我要埋進漂亮姊姊們的溫柔鄉……溫柔……」

體內忽然竄過一陣寒意，讓我忍不住打了個哆嗦。

為什麼腦海中出現了半獸人的臉？我等等是要找漂亮姊姊玩……

「哎呀，達斯特先生，你回來啦。」

聽到身後傳來的聲音，我轉頭一看，原來是晃著傲人雙峰走過來的櫃檯小姐露娜——

「咿咿咿咿！」

「咦？怎麼了！」

看到那對豐滿巨乳，我竟然發出慘叫聲。

「啊，沒什麼。那個，呃，抱歉，不要靠近我。」

「什、什麼？」

露娜一臉莫名其妙地離開了。

我、我是怎麼了？看到那對胸部，心跳居然變得這麼劇烈。

「你臉色很差耶，怎麼回事？」

「我、我沒事。」

看著琳恩的臉，我才慢慢冷靜下來。

剛、剛剛那是怎樣？

為了平復情緒，我一邊深呼吸，一邊環視公會內部。

「嗯嗯？」

一見到女服務生和女性公會職員，我又變得胸悶難耐，冷汗直流。

「我的身體到底出了什麼問題？」

我摀著胸口看向琳恩的臉才又冷靜下來。

……不會吧。我腦子裡忽然閃過一個念頭，決定做個實驗。

看到巨乳女服務生，心跳就瘋狂加速，完全喘不過氣來。

看到琳恩，就變得心平氣和。

果然沒錯，原來是這樣。

「幹嘛從剛剛就一直偷瞄我啊？」

琳恩滿臉通紅，有點生氣地罵了一聲。

「其實我之前被半獸人追得團團轉，所以現在看到巨乳就會想到半獸人，感覺很不舒服。但看到琳恩，心情就變得……很平靜。」

我才剛聽到「喀嚏」一聲，就看到琳恩默默地站起來。

奇斯拿著酒往後退，泰勒則抱起菲特馮離開座位。

這時候我才發現自己說錯話了。

「哦？看到巨乳就想到半獸人，看到我就會平靜下來啊？」

「啊，我不是這個意思！」

「那是什麼意思呢？呵呵、唔呵呵呵。」

不要舉著魔杖走過來啦！

如果讓我連貧乳都產生恐懼，妳要怎麼負責啊！

「唉～在妳身邊平靜多了。」

「怎麼突然說這種話？哈哈～終於發現我的魅力了嗎？」

我被火冒三丈的琳恩瘋狂追殺，不顧一切地逃出來後，來到了夢魔店門口。

蘿莉夢魔正好拿著掃把在掃地，我就在附近坐下，呆呆地盯著她看。

「嗯，或許是吧。」

「你、你到底怎麼了啊？被這麼熱情地盯著看，人家會渾身發燙耶。」

蘿莉夢魔手捧著臉，全身扭來扭去。

她那毫無曲線、完全感受不到女人味的身體不會讓我聯想到半獸人。

在她身邊也不會心懷恐懼，真是謝天謝地。

「對了，男夢魔那邊處理得如何？」

「很順利喔。同事跟前輩帶他們去鎮上參觀，看到鎮上的樣子，他們似乎放鬆戒心了。」

「如果他們能因此輕忽阿克塞爾就好了。」

「啊，這麼說來，和真先生好像回來了。巴尼爾大人也回去店裡了，是他告訴我的。」

哦，跑去修行的和真終於回來啦。雖然老大和維茲也跟他一起潛入地城，但他的實力究竟變得多強呢？

反正他一定會在冒險者公會胡鬧，我就去讓他請一杯，邊喝酒邊問他的冒險事蹟吧。

「那我回公會跟和真打聽一下好了。」

「等一下，我也要去。我也想知道巴尼爾大人的英勇表現。」

「那種事直接問老大不就行了？」

何必刻意繞一大圈去問和真啊。

「巴尼爾大人說『吾準備要談一筆大生意，沒空理汝』就把我趕出來了。但這種冷冰冰的態度也超棒的。」

碰上巴尼爾老大的事，這傢伙都會無條件接受。

「大生意啊，看來又有得賺了。雖然我也想跟一波，但還是之後再說吧。想來就來吧，隨便妳。」

「好～那我就跟你一起去～」

帶著蘿莉夢魔回到公會後，我便看到我那群夥伴們。

琳恩稍微瞪了我一眼，但心情似乎已平復許多。

「我來了。聽說和真回來啦？」

我故意不跟琳恩對上視線，直接詢問泰勒。

「他剛剛有來過，還天花亂墜地說了些地城修行的經過。」

「居然錯過了。本來想聽他炫耀配酒喝的說。」

「真可惜。對了，和真好像是明天啟程，還說出發前想跟我們學點技能。他似乎得盡可能多學一點，剛剛在公會裡還跟冒險者逐一搭話呢。」

奇斯灌了一大口酒，說了令人匪夷所思的話。

「學技能？點數打哪來啊？難道他等級上升了那麼多？」

「他說巴尼爾先生和維茲小姐帶著他一起升級，成長幅度相當驚人。」

琳恩也加入話題，口氣還是有點不開心。

「聽說冒險者職業很容易升級，而且毫無才能的人升得更輕鬆。」

聽到泰勒這句話，我馬上理解了。

就算用客套一點的說法，和真的實力也無法用「有才能」來形容。儘管他的幸運值和最後關頭的機靈反應讓人嘖嘖稱奇，但身體能力……實在不適合冒險者一職。

所以他才有這麼大的成長空間。

「可是就算實力變強了，他真的有辦法嗎？」

我能明白琳恩的擔憂。

「要追回阿克婭大姊，就表示得接近魔王城吧。搞不好他會一起栽進去耶。」

我打趣地這麼說。但考量到和真那種麻煩纏身的體質……我就笑不出來了。

之前和真跟魔王軍幹部交手過好幾次，也都成功擊退。考慮到這種霉運和戰績，就算日後會跟魔王展開大戰也沒什麼好奇怪的。

「總之就幫幫他吧。技能這種小事，要多少教多少。」

「是啊。況且新手村阿克塞爾的冒險者若真的殲滅魔王，那可是前所未聞的壯舉呢。」

「這裡就會被譽為『勇者的搖籃』，變成觀光勝地了！」

「泰勒、奇斯，你們也太會幻想了吧。但若真是如此，也是挺爽快的。」

夥伴們相視而笑，臉上表情相當愉悅。

萬一和真打敗了魔王，應該會被冠上勇者的美譽吧？

「身為摯友就該全力相挺。和真成功之後，我也能以勇者摯友的身分撈到一點油水吧！我要被大家捧上天啦！」

「「「才不會咧。」」」

「就算你自稱勇者摯友也沒人相信。」

「和真應該會說『我不認識這種人，跟我無關』。」

「很像他會說的話！」

除了夥伴之外，在一旁偷聽的公會冒險者也跟著吵嚷起來。

居然敢隨便說我壞話，還說得這麼起勁。

「哈，和真才沒這麼絕情呢！」

「不過，之前達斯特因為性騷擾被逮捕，去找和真求救的時候，他就說過『這個人與我無關』了。」

「這麼說來，開庭的時候他是不是還裝作不認識？」

被他們這麼一說，我雖然心裡有數……

「不、不對，他只是在掩飾害羞！男子漢的友情不就是這麼回事嗎？」

「「「哪有。」」」

「剛剛否定的人給我站出來！讓你們嘗嘗本大爺的憤怒鐵拳！」

我醒來之後已經是早上了。

我好像直接睡在公會地板上，便用力伸展緊繃的身體。

跟那些人打完後我就記不太清楚了，我是直接睡著了嗎？

「你要睡到什麼時候，大家都已經去馬車停靠處了喔。」

低頭俯視我的人正是琳恩。

如果她穿裙子，這就是無比美妙的角度，但她穿的是短褲，讓我心情不太美麗。

「去馬車停靠處幹嘛？」

「你真的是……和真他們要搭共乘馬車啟程了。不是說出發前要教他技能嗎？」

「啊，對喔，好像有這麼一回事。」

我猛然起身，拿起立在附近牆上的那把劍。

我目不轉睛地看著這把黎歐諾公主賜給我的劍。雖然乍看之下只是普通長劍，但這可是出自名門的魔法劍。

若相信黎歐諾公主說的話，這把劍可謂價值連城。

明知如此……
「喂，你在幹嘛？再不快點出發，和真就要走了喔。」
「知道啦，我這就去。」
我還是將這把劍佩在腰上，跟在先離開公會的琳恩後頭。
已經有許多冒險者在共乘馬車停靠處待命了。其中也能看見和真、達克妮絲和惠惠的身影。
不僅如此，巴尼爾老大跟大鳥布偶裝也在。
他們剛剛還在談話，但似乎告一段落了，於是我代表冒險者往前站一步，用劍指著和真說：
「──好。那麼和真，你準備好學習技能了嗎？」
待會兒我要跟在場眾人一同將技能教給和真。
「既然你要去找魔王那個傢伙單挑，我們大家當然要好好圍毆……不對，是要盡情鍛鍊你當作餞別。」
「你剛才本來要說圍毆我對吧？還有，我並不打算正面挑戰魔王，或是和他單挑！而且最主要的目的只是把阿克婭帶回來！」

和真雖然死命否認，惠惠和達克妮絲卻在一旁無奈苦笑。那兩人似乎幹勁十足，準備和魔王一決勝負。

即使和真矢口否認，但為了追上阿克婭大姊，他還是主動踏上危機四伏的旅程。老實說我很意外，其他人應該也有同感。

「我看你這趟旅行還是算了吧？」

其中還傳出了慰留的聲音。

「你們擔心我讓我很高興，不過現在的我在阿克塞爾當中也是實力數一數二的強者。阿克婭和魔王都包在我身上。你們幫我守住有我的豪宅的這個城鎮吧。」

和真裝模作樣地誇下海口。這出乎意料的反應讓包含我在內的冒險者們表情都僵掉了。

隨之而來的是各式各樣的批判怒罵。

比如「只會靠巴尼爾老大和維茲幫忙的卑鄙小人」、「砸錢練等的雜碎」等等。被大家罵得狗血淋頭的和真一怒之下便放話道：

「在對付魔王之前我就先拿你們來暖暖身！所以你們快點把我沒學過的技能交出來！我就是和真，放馬過來吧啊啊啊啊啊啊啊啊啊！」

在一發不可收拾的狀況下聽到和真撂下的這句狠話，所有人都憋不住這口氣了。

於是我們拿起武器，看了彼此一眼後——同時撲向和真。

「……發、發生什麼事了！」

共乘馬車停靠處傳來一陣慘叫，聽起來像維茲的聲音。

我勉強轉向聲音來源，只見扛著一大包東西的維茲慌慌張張的。她似乎是在準備要拿給和真的東西才會晚來一步。

腦袋正常的人看到這副慘狀都會嚇一跳吧。

無數冒險者東倒西歪地倒臥在地。

跟和真大戰的結果，所有人都動彈不得，無一例外——和真當然也倒下了。

我承認我太小看他，只把他當成最弱冒險者，但他確實很有一套。

雖然一直耍賤招，但他的成長確實讓我驚豔。沒想到區區一個冒險者能把我們整到這種地步。

但請各位別誤會了。

並不是和真一個人幹掉了我們所有人，結局沒這麼不堪。

因為和真發現要一對多的時候，一副快哭出來的樣子，我們才放水而已。這一點我必須強力主張！

不過這樣一來，和真應該學會各式各樣的技能了。

有了目前的實力，加上他的靈敏判斷力和小聰明，說不定對上魔王也不成問題？

「你在睡午覺嗎，達斯特先生？」

「如果我看起來真的像在睡覺，妳還是把眼珠子挖出來餵狗吧。」

蘿莉夢魔在我的臉旁邊蹲下盯著我看，還趁我無法動彈之際用手指戳我的臉頰。

「妳來幹嘛？妳也要來送和真他們嗎？」

「是也沒錯，但主要是來找達斯特先生。我偶然經過雜貨店時，老闆問我能不能幫他把這個交給你。」

說完，她將一柄長槍放在我面前。

我因為槍頭立刻脫落這件事去砲轟了他一頓，他隨便說一句「明天之前幫你修好」，沒想到真的修好了。

「前往阿爾坎雷堤亞的馬車即將出發，要搭乘的旅客請趕快上車——！」

聽到車夫的出發提醒，和真一行人便坐進馬車。

我們打起精神後，紛紛列隊在馬車旁準備送行。

「那麼，我跑一趟去帶那個白痴回來！」

和真此話一出，冒險者們也回以鼓勵的話語。
大家就像平常跟夥伴們開心談天一樣，絲毫沒有逞強的感覺。
替他們送行的途中……我有點擔心和真的武器。
和真腰上的佩劍做工並不差，卻毫無特色可言，用來跟魔王對打實在讓人不放心。
我深深嘆了口氣，將視線移往自己的身體。
映入眼簾的便是我離開那個國家後一直佩在腰間的寶貴長劍。
這把劍……其實藏著不可告人的神祕能力。
當所有者受到足以致命的魔法攻擊時，不論是什麼魔法，這把劍都能將其威力消除，但僅限一次。
這把貴重的魔法劍，是當我被驅逐出境時，黎歐諾公主擔心我的安危才送給我的。
我原本打算片刻不離身地用它一輩子。
這雖然是我的護身符，同時也是將我的心……緊緊鎖在鄰國黎歐諾公主身上的枷鎖。
只要這個枷鎖還在，我就永遠忘不了曾為騎士的過往。
「喂，和真！你那把劍只是在鎮上打的，沒有附加任何魔法的尋常刀劍對吧？把這個帶去以備不時之需吧！」
我把劍抽離腰間，直接扔給和真。

「那姑且是帶有魔法的好東西。而且也不是只有特定職業能夠裝備的傳說級武器，所以和真應該也能用吧。打倒魔王之後，記得把那個帶回來還給我喔！」

我帥氣地揚起嘴角，和真就露出驚訝的表情。

他剛剛應該體會到我的男子氣概了吧。

見狀，一旁的琳恩頓時瞪大雙眼，卻又微微點頭，勾起一抹輕視的笑容。

「原來如此啊——萬一，和真用那把劍打倒了魔王的話，那把武器就會多出非常可觀的附加價值對吧——冠上勇者用過的武器之類的。和真——那好像是達斯特從躺在地城裡的冒險者屍體上拔下來的東西，所以不用還給他沒關係！」

「琳恩妳這傢伙！不要妨礙我壯大的一夕致富計畫好嗎！」

我故作氣憤地逼近琳恩，她便落荒而逃。我正忙著追她時，和真他們的馬車也出發了。

我們自然而然地停下腳步，一同望向愈變愈小的馬車。

「這樣好嗎？那是公主殿下送你的貴重長劍吧？」

琳恩一臉嚴肅地看著我，跟剛才的樣子截然不同。

明知那把劍對我來說有多重要，琳恩還是願意陪我演這一齣。我得好好感謝她才行。

我的愛劍啊，謝謝你過去的陪伴。這一次要好好保護我的摯友喔。

「沒差啦，我還有長槍啊。我已經……不需要那把劍了。」

如今我已經跟過去……以及黎歐諾公主道別，那把劍早已無用武之地。

而且與其讓我用，不如讓和真帶在身上，那把劍應該還能派上用場。

「要是他真的打敗魔王把劍帶回來，我真的會賺翻耶。」

「打敗魔王雖然很像荒唐無稽的笑話，但總覺得和真他們做得到耶，真不可思議。」

「畢竟是我的摯友嘛。好啦，就算他們運氣好打倒魔王，卻落得無家可歸的下場，那可不是鬧著玩的。我們也要好好努力才行。」

站在我們的立場，不能老是為他們操心。

再過不久，魔王軍就要攻打阿克塞爾了，我們得轉換心情做好迎擊準備。剛才我偷聽了和真跟維茲的對話，他們說巴尼爾老大和維茲會投入鎮上的防禦工作。

雖然這樣戰力能大幅提升，卻很難說是萬無一失。

畢竟接下來這幾天內，冒險者升等的幅度也有限，無法指望他們在短短幾天獲得急速成長。那我們該如何是好呢……

第二章 阿克塞爾攻防戰

1

和琳恩分開後，我在鎮上隨便亂逛順便帶菲特馮散步，同時也在思考防禦的問題。

阿克塞爾外圍築有城牆，非常適合守備。

魔王軍應該會從正門方向攻進來吧。那側有一大片袤廣平原，最適合讓大批軍力移動至此。

我一抬頭，就看到正門和巍峨聳立的城牆。

照理來說，厚實又嶄新的城牆應該能扮演防禦要角。

而且正門附近的城牆之前被阿克婭大姊用洪水沖壞過，經過和真重新建造，已煥然一新。

不必擔心陳舊老朽，也沒有耐久性的問題。

……這算是不幸中的大幸嗎？

雖然也能利用城牆展開圍城戰，但這個方法也要指望援軍會來相助才行。

貝爾澤格王國王都好像同時也是魔王軍主力的目標，還是別太期待援軍才好。

這麼一來，就只能在正門前迎擊了嗎？

魔王軍大軍當前，我有辦法毫不畏懼地跟他們對抗嗎？精神層面也會大大左右戰況。我想著這些事，不知不覺走出城外了。

「順便走去倉庫吧。」

其實我在城外有個倉庫。所有破銅爛鐵、詐騙用的道具及不能被外人看見的東西，全都被我堆在這裡。

之前我就是把那個御……什麼鬼的魔劍藏在這個倉庫裡。

稍微挪動森林中的某個小岩塊後，就出現一段通往地下的樓梯。之前某個委託主為了抵委託金，將這個地下倉庫讓給我。

這原本似乎是委託主已逝的先生拿來當作祕密地下室的空間。

開鎖入內後，裡面的空間相當寬敞，牆邊還設置了手工訂製的巨大書櫃。地上還有一些廉價的壺，以及印有巴尼爾老大臉部的烙鐵。

「達施特，有迷有吃的？」

「很遺憾，這裡沒有。哦，這本書兒童不宜喔。」

菲特馮抽出書櫃的書準備翻開，於是我一把搶了過來。

這是我之前在地城的密室找到的情色漫畫。我們看不懂書上的文字，只有和真看得懂。看樣子應該是他母國的語言。他已經將我比較喜歡的幾本漫畫翻譯過了，條件是要送他幾本。

放回書櫃前，我翻開來看了一下，果然讚到不行。

「哈～真的好色啊。該怎麼說，這些情境設定真是新穎啊。將敏感度提升好幾倍的藥是什麼玩意兒啊？我也沒在夢魔的春夢裡見過這種設定。」

原本想把書收好，卻不知不覺看了起來。

「吶吶，我肚子餓餓惹。回家吧。」

「這裡正精彩，等我一下……好啦，我知道了，不要咬我！」

菲特馮狠狠咬住我的腳，我把她拉開後，沒把書放回書櫃，而是收進懷裡。回去之後在房間裡好好欣賞吧。

我把餓到沒力氣行動的菲特馮揹在背上時，忽然對某件事相當好奇，便開口問道：

「跟敵人戰鬥的時候，收到什麼東西能讓妳繼續拚下去？」

「能吃到許多美威的食物就可以。」

菲特馮立刻回答，臉上依舊沒有表情。

雖然是我提的問題，但這答案在我的意料之內。

「果然有獎勵就能拿出幹勁啊。」

那麼，哪些方法能讓冒險者們拿出幹勁呢？

獎勵啊……還是要那個才行吧。

為了實行我想到的作戰計畫，我往某個地方前進。

我在日落前回到冒險者公會後，已經有很多鎮上的冒險者在裡頭了。

我猜大家都很不安吧。可能是想待在夥伴多的地方讓自己安心下來。

有個清一色男性的冒險者小隊在入口附近的座位喝酒，我走過去加入其中。

「喲～你們開喝啦？」

「搞什麼，是達斯特啊。我不會再請你喝酒了，閃邊涼快去。」

「喂喂，別這麼冷淡嘛。難得我有一些好康想跟你們分享呢。」

我將手靠在想把我趕走的男人肩上，不懷好意地笑著。

「哼，說來說去就是想把我拉進致富陷阱或詐騙活動吧？我不會再上當了！」

「這樣啊。是夢魔姊姊們託我來傳話的，不要就算了。我就自己去爽一下吧。」

當我轉身準備離開這些不肯聽我說話的傢伙時，這回他們卻用力抓住我的肩膀。

我一臉嫌棄地回頭一看，發現男人們都探出身子看著我。

很好，上鉤了上鉤了。

「只是聊天的話，我還是可以姑且聽聽啦。」

「沒差啊。既然你不想聽，我又何必告訴你呢？剛剛是不是有人想把我趕走啊？」

「別鬧脾氣嘛，我跟你道歉就是了。小姐，送杯酒過來，算我帳上。」

免費蹭到一杯酒後，我故作愉悅地將臉湊近這些臭男人。

「其實啊，夢魔她們好像想免費招待冒險者一次極品春夢，當作我們守護城鎮的謝禮。」

「真的假的！你早說嘛。我有點事要辦，這些菜我還沒吃過，不介意的話就拿去吃吧。」

原先坐在位子上的人全都站起身子，動作飛快地離開公會了。

菲特馮從我背上掙脫後，開始聚精會神地吃起留在桌上的料理。

這樣把餐費也省起來了，可謂一舉兩得。

「這邊吃完之後，就去下一桌吧。」

「嗯。」

於是我們繼續像這樣跟公會裡的男人們搭話。

過了一會兒，公會酒吧裡幾乎看不見男人的身影了。

由於任務結束，我便回到夥伴們所在的座位。

「你做了什麼？被你搭話的那些人好像全都走出去了耶。」

「我好心地把一些好康情報告訴他們了。」

「什麼鬼啊？待會兒也說給我聽聽。」

「哦，好啊。我也正想告訴你。」

雖然奇斯一副充滿好奇的模樣，泰勒卻不然。都這種時候了，這男人還是這麼耿直啊。用更輕鬆的態度生活比較好吧。

「為什麼只限男人啊？不能跟我說嗎？」

「啊——因為這情報對女人沒啥好處啊。」

「哦？反正又是色色的事吧。啊——討厭死了。」

可能只憑這些資訊就發現了吧，琳恩板起一張臭臉。

這件事當然不能告訴琳恩。要是被她發現，天曉得她會怎麼唸我。

我想盡辦法安撫有點不開心的琳恩，把飯吃完後，琳恩就帶著菲特馮回旅店了。

她們原本一開始處不來，最近卻常常一起行動。琳恩晚上願意像這樣照顧菲特馮，我實在很感激她。

「說吧，剛剛那個好康情報是什麼？」

琳恩一離開，奇斯就馬上湊過來。

「肯定不是什麼正經事，我先回去了。」

泰勒把飯錢放在桌上就走了。

「泰勒還是老樣子。好，我們一塊兒去吧。」

我摟著奇斯的肩膀開開心心地出發。目的地當然就是夢魔店。

多虧我四處宣傳，店裡人滿為患。

「今天是特別招待～我們會免費提供比平常美妙好幾倍的春夢，各位可以提出任何需求，千萬不要客氣喲。」

夢魔店長為眾人說明招待細節，還配上妖嬈的動作。

這群粗喘連連的傢伙彷彿逮到機會似的，在需求單上寫下自己的慾望後，滿臉通紅地交給負責的夢魔。

「原來是這個啊！真的是免費招待嗎？我正好缺錢，太感謝了！」

奇斯得意洋洋地坐了下來，開始寫需求表。

我站在牆邊觀望時，蘿莉夢魔迅速地來到我身旁。

「那個，我知道夢魔不能說這種話，但男人真的很單純耶。」

「畢竟男人都是用下半身思考嘛。」

我對一臉傻眼的蘿莉夢魔如此斷言，她便露出苦笑。

「可是這樣好嗎？你真的要讓他們作那種夢？」

因為是不想被周遭聽見的內容，於是蘿莉夢魔踮起腳尖，將嘴湊在我耳邊低聲細語。

「沒關係。這次的目的不是紓解過剩的慾望，而是把他們的幹勁激發到最高點。」

「我明白，但這樣真的好嗎……」

蘿莉夢魔似乎有點疑惑，歪頭喃喃自語。

「妳不是也叫我提供新的春夢點子嗎？以前從來沒出現過這種盛況吧。」

「話是沒錯……但我有點愧疚耶。」

都什麼時候了，別給我畏畏縮縮的。

我也跟其他夢魔溝通過了，計畫應該能順利進行。

看著滿心愉悅的冒險者們，我下意識露出了笑容。

「呵呵呵呵。」

「達斯特先生，你的表情好邪惡啊……」

哎呀，不小心喜形於色了嗎？

這些表情開心又淫猥，毫無防備的冒險者，之後會有什麼下場呢？真令人期待。

2

隔天跟泰勒他們訓練完後，我來到夢魔店看看狀況。
「哪有這種虎頭蛇尾的夢啊！今天會讓我看到最後吧！我的賽蕾娜小姐被半獸人抓走後，應該會順利得救吧！」
「怎麼能讓我在約會途中醒來呢！快讓我看後續，快點！」
「喂，之後的進展到底是怎樣？不用作夢也行，快把後續告訴我！」
店裡擠滿了瘋狂逼問夢魔的冒險者們。
每個人口口聲聲都在問「後續」。
「達、達斯特先生，過來一下！」
眼尖的蘿莉夢魔一看到我，就拉著我的袖子把我拉到店內一角。
「生意興隆呢。」
「託你的福……不對！今天一早客人們就絡繹不絕，要求我們提供後續！」

蘿莉夢魔似乎對這意想不到的迴響十分困惑，但目前狀況遠遠超出我的預想，讓我不禁露出得意的微笑。

「長篇連載的春夢，這點子很創新吧？」

「確實很創新。春夢的目的本來是讓客人們獲得抒發，通常都會用單一夢境演完所有劇情。我從沒想過可以故意停在劇情高潮處，營造下回待續的狀態。」

沒錯，這些人在春夢中即將抒發之前，夢境卻硬生生中斷了。我就是故意要設計出這種狀況。

「但效果奇佳耶。這本書的內容果然很厲害。」

蘿莉夢魔拿出了一本書。

我昨天把一大堆情色漫畫租借給夢魔店，這是其中一本。

和真的國家好像都會販售這些漫畫。

「我的國家對情色產業可是非常講究的。無論是多麼瘋狂的慾望都有題材能對應。講究到其他國家都用『變態』來稱呼我們呢。」

似乎是這麼一回事。老實說，明明只是靜態圖畫，卻能感受到情色和煽情要素。雖然和真翻譯過的文句中出現過「打咩～～」這種令人費解的獨特表現，但我看了卻覺得下半身蠢蠢欲動。

我從這些漫畫中選出男人會喜歡的內容，化為真實影像後營造出夢境就得到這樣的結果。

「我想妳應該明白，但今天也在夢中加入下回待續的感覺吧。一定要讓他們在意後續情節，否則就沒有意義了。」

「我很怕關子賣得太過，讓他們失控發狂耶……」

那就只能請妳們好好應對了。

「對了，還有一件事讓我很擔心。有好幾個客人想看夢境後續，竟然說等等就要去睡午覺，央求我們讓他作夢呢。真傷腦筋。」

「這也在我的意料之內。雖然還沒跟妳提起，但我已經先把應對方法傳授給其他人了。妳瞧。」

我指著正在旁邊座位跟夢魔對話的冒險者。

蘿莉夢魔立刻明白我想說什麼，便將手放在耳後，豎起耳朵偷聽。

「我等一下就去馬廄裡睡午覺，拜託讓我看看昨天的後續吧！我夢到我的寶貝快要被帶進哥布林居住的洞穴裡，卻在這緊要關頭醒來了，讓我在意得不得了啊！」

「客人，請您抬起頭來。非常抱歉，夢魔的力量在白天時段非常虛弱，無法達成您的要求。而且您在這個時段入睡，也會因為睡得太淺而在夢中醒過來啊。」

「這、這樣啊……」

冒險者垂頭喪氣，流露明顯的遺憾。

我懂他的心情。那些情色漫畫的題材絕大多數都很精彩，我也忍不住沉迷其中從早看到晚。要是在高潮處被迫中斷，當然會像那樣心癢難耐。

……雖然是我故意設計的就是了。

「畢竟你送來的這些書真的很有趣。」

「喂，那可不是白白贈送，從頭到尾都只是借給妳們而已，別會錯意了。之後一定要還給我喔。」

「……先別提這件事了。對我們夢魔而言，這些書融合了情色和有趣元素，可說是最棒的娛樂消遣，大家都深陷其中無可自拔。就算跟工作無關也都看得很入迷呢。」

對她們這些打扮煽情，以製造春夢維生的種族來說，這種書應該很難抗拒吧。難怪她們會如此著迷。

得像這樣不停延伸夢境，瘋狂提升他們的期望值才行。

在我們談話期間，剛才那個冒險者還在對夢魔苦苦哀求。

「雖然無法為您提供夢境，但本店準備了一項特別贈禮，要送給在本次防衛戰中表現卓越的人。」

「居然有這種好事！妳們要送什麼？」

「表現名列前茅的冒險者，本店將送出全年免費的優惠券。」

「唔喔喔喔喔！那我得拚一拚了！」

這句話似乎立刻吹散他先前的不平與不滿，只見他嘶吼一聲，渾身充滿幹勁。

其他人好像也聽說了贈禮的內容，紛紛做出同樣的反應。

「那麼，為了確認各位的等級和現在的經驗值，能否讓我們看看公會卡片？」

「咦？不是魔王軍打過來之前，現在就要看嗎？」

「是的。現在調查，之後再跟擊退魔王軍的數值做比對。不方便嗎？」

「當然不會！拿去，要查要記隨便妳們！」

蘿莉夢魔看著夢魔和冒險者的對話過程，將手放在下巴上，似乎在想些什麼。

「那個，現在就調查公會卡片的話，會不會有人偷偷作弊啊？比如在跟魔王軍對戰前先打敗魔物升等之類的。」

「一定會有那種人吧。」

「這怎麼行呢？不能耍詐喔。」

蘿莉夢魔雙手插腰，氣呼呼地說。

她好歹也是惡魔，卻不能容許這種行為嗎？

「沒差啦。妳還記得原先的目的吧？為了激發出這些傢伙的幹勁，多多少少拉抬一些戰力，我才會搞這些小花招啊。要是他們認真練等，那就正中我下懷了。」

「原來如此。因為在意夢境後續而焦躁不安，想看到後續內容就得睡熟一點，為此就會督促自己動起來。接著再稍微拋出『只要練等就有獎勵』這種誘餌……唔哇，你的狡詐功力真教人不敢恭維。」

「妳就老實稱讚我吧。叫我策士啦，策士。」

這時候應該對我的完美作戰計畫深感佩服吧，幹嘛往後退一步啊？

這樣就有機會提振他們的戰鬥意願，等級也能往上升了。或許能見到一絲勝利的希望？

「對了，男夢魔的事之後還有進展嗎？」

「我們帶他們去那些不會引發問題的地方到處逛，最後又帶來這間店後，他們說『既然這裡的冒險者盡是些窩囊廢，隨便打都能贏吧？』就徹底放下戒心回去了。我們表示魔王軍打過來時會投靠他們，他們還相信了呢。」

「幹得不錯嘛。我之前就覺得妳是個能幹的女強人呢。」

「呵呵，沒什麼大不了啦～」

她雖然態度謙虛，表情卻像在催促我「多稱讚一點」。

這表情讓我有點惱火，但我還需要夢魔幫忙出一份力，現在還是先討她歡心吧。

「喲，夢魔界第一高手！該凸的地方毫無起伏，身材有夠讚！」

「討厭，達斯特先生過獎了啦……咦？」

蘿莉夢魔似乎發現不太對勁，但在我拚命稱讚之下，她變得雀躍無比。至此，我便離開夢魔店。

但願這麼做能讓魔王軍放下戒心，並激發冒險者的鬥志。

3

在那之後過了兩天，我們離開阿克塞爾，在空中進行偵查。

「為什麼我要帶男人來空中兜風啊？鬱悶死了。請你下去好嗎？」

「從這個高度下去會死人啦！受害者可不只你一個人，我也不想跟達斯特共乘好嗎？但只有你能順利操控菲特馮，我才會忍耐。而且也只有我會『千里眼』而已，別以為只有你不爽。」

明明緊摟著我的腰萬般恐懼地往地上偷瞄，卻還有心情對我惡言相向。

既然都要飛了，後座的位置我其實想留給琳恩，但我需要奇斯的技能，萬不得已才做出這個選擇。

這樣一來，還沒騎過菲特馮的夥伴就只剩泰勒了。起飛前他還目不轉睛地看著我們。

「奇斯也能坐啦？呃，我其實沒差啦。」

我確實聽見了他這聲嘀咕。真拿他沒辦法，下次就載他一程吧。

畢竟他身形比較魁梧，但願菲特馮不要生氣才好。

「不過，菲特馮是白龍這件事固然讓我驚訝，但我真沒想到你就是傳說中的天才龍騎士大人耶。雖然親眼目睹了，但我至今還無法相信。」

別從後面一直盯著我看，被男人打量我也不覺得開心。

「哈，你沒看出我這無從掩飾的天才光輝嗎？」

「你身上只有漆黑混濁的穢氣而已。哦，我看到下面有點東西。」

我本來想跟他大吵一架，奇斯卻忽然沉默，一臉嚴肅地盯著下方看。

我也跟著往同一個方向望去，只見地面上隱約有無數個小點。

「要不要往下飛一點？」

「沒關係，我用『千里眼』……唔喔，啊——這下麻煩了。」

奇斯已經看出那些東西的真面目，一個人喃喃自語了起來，但有講跟沒講一樣。

「喂，說白話一點啦。」

「啊——抱歉。那些是魔王軍的怪物。數量太多難以估計，但跟我們在公會預計的數量差了四五倍之多，你要做好心理準備。」

明明已經讓男夢魔得到假消息了，魔王軍卻還是派出如此龐大的戰力？是對方的指揮官太優秀，還是他們原本數量更龐大，這已經是縮編後的狀況了？

「喂喂喂，真的假的。幹嘛對冒險者新手村認真啊，這些人真沒風度。對了，你能看出怪物的種類嗎？」

「嗯——好像以骷髏類居多。除此之外也有狗頭人跟哥布林，種族各式各樣。他們的隊伍太長，後面的我就看不清楚了，基本上似乎集結了所有雙腳步行又有智慧的怪物。雖然行進速度不快，但依照這個速度，可能明天中午就會抵達阿克塞爾。」

緩衝期只剩一天啊。

雖然想再飛低一點蒐集情報，但被發現的話也很麻煩。

「這時候如果有惠惠，就能用爆裂魔法消滅大半吧？偏偏在這種關鍵時刻不見人影。」

「這可是讓那個超強火力派上用場的絕佳場面啊。她知道的話一定很懊悔吧。」

要是爆裂女孩也在現場，應該會興高采烈地從上空使出爆擊。

強求也無濟於事，但的確很可惜。

「也沒有其他能轟出爆裂魔法……的人。啊！有啦，還有一個人會使用爆裂魔法！」

我大喊一聲，奇斯也拍了一下手，腦海中似乎也有人選了。

「「維茲！」」

達成共識後，我們立刻操控菲特馮，用最快速度飛回阿克塞爾。

「那個～我確實很想幫忙，但我是魔王軍幹部，沒辦法太過招搖。真的很抱歉。」

我揹著菲特馮走進魔道具店，一開口就拜託維茲去轟炸，她卻語帶愧疚地跟我道歉。

「等一下，老大才是幹部吧？」

「來了也不消費，還以為汝要說什麼呢。那個廢物老闆說的沒錯，別看她這樣，她好歹也是魔王軍幹部。順帶一提，她不是人類，而是巫妖。」

聽到巴尼爾老大十分乾脆地說出維茲的真實身分，我不禁懷疑自己是不是聽錯了。

她是魔王軍幹部固然令我驚訝，但巫妖就是被稱為「不死者之王」的超強魔物吧？

「不會吧？我還以為她是這個鎮上難得一見的正常人，只要下跪懇求就能讓我揉一下胸部的穩重系美女！可惡，我被騙了！」

沒想到魔王軍的間諜就近在身邊。

「你、你誤會了！我只被要求維持魔王城的結界，也跟魔王軍約定不參與任何紛爭，所以無意與各位為敵……咦？我看起來像下跪懇求就會讓人揉胸部的隨便女人嗎！」

維茲原本還在拚命解釋，卻忽然生起氣來。

知道維茲是魔王軍幹部後，現在應該就能相信她說的話吧？

「不管怎麼看，她都是稍微稱讚一下就會得意忘形的單身剩女不死者啊。小混混啊，儘管放心吧，剛剛那些話絕非虛假。她應該跟魔王軍約好互不干涉，才會攬下幹部這個職位。」

巴尼爾老大正在清掃貨架，頭也不回地回答。

雖然維茲的真實身分和這番話的內容令人好奇，但我更在意老大的穿著。

他穿的不是平常那身西裝，而是休閒短褲、拖鞋配上貼身棉T。再配上那副必備的面具，完全像個可疑分子。

我在猶豫該不該深究這個問題。

但現在提到這件事，感覺會讓情況變得更複雜，於是我將疑問吞了回去。

「既然老大都這麼說，我也只能信了。」

「我很嚮往騎乘白龍的感覺，有點可惜呢。之後能讓我騎騎看嗎？」

「可以啊。對吧，菲特馮？」

「嗯，平常都會給我點心，所以可以喔。」

「呵呵，謝謝妳。妳隨時都能過來玩喔。」

菲特馮毫不猶豫地點頭。她現在也在享用維茲招待的點心和熱茶。

這傢伙完全被巴尼爾老大跟維茲馴服了吧。

「汝想騎白龍啊？嗯，應該很難吧。」

「巴尼爾先生，你是什麼意思？不准對淑女說『基於體重限制無法乘坐』這種話喔。最近我很認真執行減醣飲食，應該瘦了很多。」

「不是體重的問題。白龍應該是神聖屬性吧？雖然在人型狀態尚能接觸，一旦變成龍，屬性就會覆於身體表面。請問營養不良的老闆是什麼屬性呢？」

「啊。」

「巫妖就是不死者，換句話說，很難抵抗神聖屬性。對了，蘿莉夢魔之前坐的時候也說屁股很痛。」

「惡魔也會這樣啊。如果換成不死者，別說是屁股刺痛了，長時間搭乘會連自身存在都消失無蹤。這樣也無所謂的話，汝就去騎騎看吧。」

「那還是免了……雖然不能幫得太明目張膽，但我跟巴尼爾先生會暗中幫忙防衛，儘管放心吧。」

聽到這句話，我稍微安心了點。

「順帶一提，吾已經不是魔王軍幹部了。失去一條命之後，我就已經被歸列於死亡名單，跟魔王訂下的契約也作廢了。所以吾也沒道理幫助魔王。」

所以老大就能隨心所欲大鬧特鬧了嗎？這可是天大的好消息！

「一旦人類死亡，吾就得不到優質美食了，根本沒理由與人類為敵。況且吾還得靠那個小鬼繼續賺錢才行。要是這個鎮上的房屋塌毀，吾可會傷透腦筋。話雖如此，身為一名商人和惡魔，吾當然不可能同意免費幫忙。」

「那可以讓我賒帳嗎？我現在手邊沒錢。」

「何止『現在』，汝無時無刻都沒錢吧。算了，這次事態緊急，就先以借款名義讓汝賒帳吧。」

無法用爆裂魔法削弱敵方戰力讓人有點遺憾，但光是知道他們不會向魔王軍倒戈，願意協助我們，就不必計較這點小事了。

離開魔道具店回到公會後，熱鬧程度竟比以往高上好幾倍。

端著酒和料理的女服務生神色匆忙地來回奔波。

「喂，大家怎麼都這麼有活力？」

我在老位子就座後開口詢問夥伴。雖然不知為何蘿莉夢魔也在，但這陣子已經算是稀鬆平常了，我也沒放在心上。

菲特馮自己解開嬰兒揹巾，坐在我旁邊開始瀏覽菜單。

「沒為什麼，因為我們把魔王軍的行進狀況告訴露娜了。她似乎將這消息傳遍整個公會，才會嗨成這樣。公會也開始為冒險者提供半價優惠，大家就嗨翻天了，又喝又唱的。」

奇斯吃著比平常奢華許多的下酒菜，滿臉通紅地跟我說明。

原來如此。明日大戰當前，才要養精蓄銳吧。

「那我可以比平常多吃一倍嗎？」

對「半價」一詞率先做出反應的菲特馮，抬眼看著我。

「好啊，畢竟明天就有得忙了。妳就吃飽飽睡個好覺吧。」

「嗯，我會加油。」

看她把菜單上的內容從頭到尾都點了一輪，我心裡慌得不行，但今天就裝作沒看到吧。

「好啊，我也要來吃破肚皮。其實我想在更高檔的店被漂亮姊姊伺候，不過……好像還是沒辦法。」

光是稍微有料一點的女服務生靠近我，我的身體就產生排斥反應了。

「喂喂，你還沒克服半獸人的心理陰影喔？哇——居然變成厭女體質，好可憐喔。」

奇斯聳聳肩哼笑了一聲。

……要不要把這傢伙打趴在地？

「說到底，就是因為你們把我丟在那種地方才會這樣啦！給我慰問金！要是我就這麼變成厭女體質，你們要怎麼負責啊！年紀輕輕就跟性愛絕緣的話，我活著還要圖什麼樂趣！」

「你只要腳踏實地過日子就行。但我們確實有點對不起你，已經有在反省了，今天就陪你喝一杯吧。」

「那我也來伺候你。來，張開嘴巴～」

「菲特馮也要翅候。」

哦，琳恩替我斟酒，蘿莉夢魔餵我吃飯，菲特馮則把自己眼前的料理讓了一盤給我。

算了，既然做到這個份上，我就原諒他們吧。

「達斯特，心情好一點了吧。但你對女人明明開始有排斥反應，卻能接受這三個人嗎？有什麼差別……嗎……啊。咳咳。啊——那個，抱歉。剛剛那些話請當作沒聽見吧。」

泰勒說到一半似乎想到了什麼，便急忙咳嗽撇開視線。

我頓時理解那雙眼是看到了什麼才會出此判斷，但我好歹也知道說出這件事會有什麼下場，所以決定保持沉默。

應該說，我已經被琳恩扁過一次了，再怎麼說也不會重蹈覆轍。

我明明已經忍下來了，有個不懂察言觀色的醉漢卻「啪」地拍了一下手，頂著紅通通的臉說溜了嘴。

「我知道了，因為她們的奶子沒有半獸人大，你沒把她們當成女人，所以才沒事啦！噗哈哈哈哈，我懂我懂！」

覺得自己說得很有道理的奇斯開始捧腹大笑起來。

琳恩和蘿莉夢魔卻恰好相反，臉上的表情逐漸消失。菲特馮則一臉呆滯，似乎沒搞清楚狀況。

「哦，什麼，怎麼啦？喂喂，我才喝到一半，幹嘛把我拉走啊？怎麼，不敢一個人去廁所嗎？表情幹嘛這麼嚇人啊？」

琳恩和蘿莉夢魔不發一語，抓著奇斯的手把他拖出去外面了。

「感覺要減少一名戰力了……」

「沒辦法，這次是奇斯有錯在先。」

公會外頭傳來了魔法爆裂音和哀號聲，還閃現刺眼的光芒，但我跟泰勒選擇不聽不看。

過了一會兒，心情稍微好轉的兩人回來了──奇斯卻不見蹤影。我決定暫不過問。

「你們幾個也別再說傻話了，今天就好好休息吧。畢竟明天就要正式開戰了。」

「知道啦，明天有得忙了。這一頓可能是最後的晚餐，所以我要好好吃個夠！」

我大聲喊出這番宣言時，正好撞上公會安靜下來的瞬間，時機點奇差無比。

結果公會內部一片死寂。

「……喂，別靜下來啊。」

「開什麼玩笑！這件事我們都小心翼翼不敢多說，你居然直接喊出來！」

「察言觀色好嗎！察言觀色！難怪你不受歡迎啦！」

「分不清哪些話能講，哪些話不能講的男人簡直爛透了。」

冒險者們紛紛用毫不留情的辱罵狠狠責怪我。

其他人也都抓準機會，開始對我破口大罵。

「你們這群王八蛋竟敢大放厥詞！老虎不發威……啊，好痛！誰對我丟盤子啊！混帳東西，我已經忍無可忍了！就把這當成前哨戰吧。你們這些廢物還不夠我暖身呢，全都給我一起上啊！」

「「「去死吧！」」」

接下我挑釁的那些人蜂擁而上。我舉起罩著槍頭護套的長槍後，主動衝向那群朝我衝來的冒險者。

4

醒來後，我發現自己躺在公會地板上。

「感覺好像又做了類似的事……」

我看向四周，發現很多冒險者跟我一樣倒在地上睡著了。經歷一場激戰，大家應該都耗盡體力了吧。

我想撐起上半身，卻發現右臂很重便往該處一看，原來是菲特馮枕在那呼呼大睡。把她叫醒感覺滿可憐的，於是我輕輕抽出手臂。

我看向窗外，天色很暗，還沒破曉。

仔細一看發現泰勒和奇斯也在牆邊睡著了，卻沒看見琳恩的蹤影。

跟我互毆的那群傢伙都倒在附近睡得一臉香甜。雖然很想往他們的臉用力一踩，但我還是強忍了下來，走出公會。

「呼～有夠冷。」

從星星方位和天空的樣子來看，與其說是深夜，不如說是凌晨時分。再過不久，太陽應該就會升上來了。

我隨意往正門方向走去，看見一道熟悉的背影。那人正目不轉睛地盯著城牆。

「還沒天亮呢，妳在幹嘛，想尿尿嗎？要不要跟我一起去尿尿？」

「我說你啊……要跟人搭話應該有更好的說法吧？」

琳恩傻眼地回過頭來。

平常她應該會罵得更凶，搞不好還會揍我一拳……如今卻異常安分。

琳恩輕輕嘆了口氣後轉身背對我，將手環在身後，沿著城牆緩緩邁開步伐。

我也默默地跟在她後頭。

「跟達斯特大鬧一場後，大家的心情好像都輕鬆了不少。之前明明都一臉不安的樣子，現在卻睡得那麼安詳。」

「看到他們的蠢樣就想狠狠踩上去吧？」

「才不會……你是為了緩解大家的緊張，才故意說那種話吧？」

她轉過身，由下往上凝視我的臉。

她忽然將臉湊近，讓我忍不住動搖，臉頰也熱得發燙。四下光線昏暗，她應該不會發現我的……表情變化吧。

「怎麼可能。他們居然為了這點小事就激動成這樣。我只是看到那些膽小鬼就一肚子火，才會大鬧一場。」

「是嗎~算了，就當作是這樣吧。以結果來說還算順利，我可得好好稱讚你呢。」

琳恩用手指彈了彈我的額頭，帶著一抹微笑以單腳往後跳。

這個動作太可愛了，令我不禁看得出神。

「那你呢？你好像老是在注意別人的狀況。」

「我？我的狀況當然超好啊，今天也是生龍活虎呢。要不要去那條小巷子裡確認看看？」

「啊哈哈哈，這次想被匕首切下來了嗎？」

「我說笑的，別亮刀啦！」

想到以前我們在馬廄裡吵架的那件事，下半身就涼颼颼的。

「剛認識的時候發生過很多事呢。第一次見到你時，你還死在街頭呢。」

「誰死在街頭啊！應該是在你們陷入危機的時候颯爽登場解危吧！」

「是嗎？我完全不記得了。」

說完，琳恩勾起一抹壞笑。那個表情根本就記得一清二楚吧。

自那天起，我們幾乎每天都會碰面……除了我進牢房的那段時間外，我們幾乎都在一起。

憑良心說，起初我還是會時不時想起黎歐諾公主，在琳恩身上看到她的影子。

但曾幾何時，我已經不再把琳恩當成公主的替代品，而是將她視為一名女性，眼神完全離不開她了。

不管是言詞談吐、個性還是無意間的小動作都深深吸引著我。

在她身邊時，我可以拋下騎士萊因．薛克的身分，變成熱愛自由的冒險者達斯特。這一點最令我感到自在……而且非常快樂。

「不管發生什麼事，我都會好好保護妳。」

做了個大大的深呼吸後，我說出這句話。

琳恩杏眼圓睜地凝望著我，結果噗哧一笑。

「啊哈哈哈哈，幹嘛說這種不像你的話啊。啊~好奇怪喔。不過，嗯，那我就稍微期待一下吧。」

「嘖，有這麼好笑嗎？」

琳恩正擦拭著眼角的淚水，我別開目光跺了跺腳。

我可是下定決心才說出這句話耶，她居然以為我在開玩笑……看來平日的所作所為真的很重要。如今的我深有感悟。

「真是的，別鬧彆扭啦。那我先送個小禮物給你，感謝你保護我。」

「啊——什麼……嗯？」

琳恩忽然把臉湊近，嘴唇貼上我的臉頰。

雖然不是嘴對嘴，卻是我這輩子第二個吻。

「咦？哦？琳、琳恩？」

這出乎意料的舉動讓我震驚不已，講話有點大舌頭。

「這樣你也會有點動力了吧？」

琳恩露出純真無瑕的笑靨，而旭日從她身後緩緩升起。

這個笑容跟當時一模一樣，讓我深陷其中無可自拔。

啊啊，我懂了。我就是敗在這個笑容之下。

「沒錯！好好期待本大爺的英姿吧！」

冒險者們在離阿克塞爾正門有段距離的平原上列隊。

阿克塞爾所有的冒險者都在這裡了。

雖然大部分都是熟面孔，卻還是有幾個沒見過的冒險者。

看樣子這是冒險者公會暗中從其他城鎮請求支援，以及阿克塞爾冒險者到處找認識的冒險者過來的成果。

如果有個城鎮會被魔王軍攻擊，照理來說應該能召集到國軍及更多冒險者。但傳出風聲的同時，露娜卻告訴我們貝爾澤格王國王都也將被攻打的消息。

冒險者新手村跟王都哪個重要……應該大家都心知肚明吧。

換句話說，此處不會再來更多援軍了。

「但這也太誇張了吧，居然能召集到這麼多冒險者。」

奇斯爬到附近的樹上計算我方人數，數量卻超乎預期。於是他中途就放棄了，雙手環胸如此感嘆。

「說這種話可能會引發眾怒，但我原本擔心會有一大堆冒險者夾著尾巴逃跑呢。結果所有人都毫不退縮迎向決戰，選擇留在鎮上守護弱者和阿克塞爾。這份崇高無比的心意太讓人感動了！」

泰勒含淚興奮地說。雖然對他有點不好意思，但我覺得他們沒這麼偉大。拜託仔細看看這些人慾望滿盈的眼睛好嗎？

「在這場戰爭中表現亮眼的人，就能拿到一年費的免費招待券！這樣就算沒女朋友，也沒必要一個人窩在馬廄做那檔事了！」

「我一定要活著回來……今天在夢裡見到的最後一幕，在看到後續之前，就算死我也不能瞑目！居然在我趕去拯救快被侵犯的戀人時就醒來了，簡直是我人生中最大的敗筆！」

「我到現在還不能相信……我居然有那種性癖……在屈辱和打罵中獲得的喜悅究竟是什

麼？在弄清這一點之前，我說什麼也得活下來！」

這群情緒激昂的傢伙說著這種話。

性慾真是偉大啊。雖然是我煽動在先，但可能有點做過頭了。

另外，雖然對泰勒很不好意思，但我從來不認為阿克塞爾的居民是弱者。

「各位～加油喔～戰爭結束後，我們會好～好服侍各位～」

聚在正門前用尖細嗓音聲援的那群人正是夢魔。

儘管她們跟在店裡的打扮不同，全身包緊緊，還是能流露出一絲性感，根本無從掩飾。

聽到聲援後，這群男人原先的凜然神色就變得淫猥不堪，未免也太好懂了。但這一點我並不討厭。

男性冒險者顯得幹勁十足，但其他女冒險者又如何呢？她們也是鬥志滿滿。

女性冒險者那邊我也安撫過了，這方面也做得無懈可擊。女孩們的鬥志來源就是我這幾天放出去的謠言。

在冒險者的世界裡，男性占比較高。這也難怪。畢竟要天天身處與魔物征戰的風險之中，不管怎麼想，都是身體能力較高的男性比較有利。

但以魔法及技能方面考量，男女的能力差距便縮短了，比尋常男性更強的女冒險者滿街都是。

從平均值來看，和真那一隊的人雖然不太正常，但一枝獨秀的能力卻令他人望塵莫及。

話雖如此，冒險者工作總給人嚴酷又骯髒的印象，絕對還是男人比較適合。

像和真那種另外三人全是女性的小隊，可說是例外中的例外。甚至連我們這種只有琳恩一個女孩的小隊，也會被清一色男性的小隊嫉妒。

但阿克塞爾的新手很多，相較於其他城鎮，這裡的女冒險者並不少。畢竟冒險者再怎麼說也算是夢幻職業，一夕致富的欲望與性別無關。

而讓女冒險者激發出鬥志的手段就是我散布的某個謠言。

這幾天鎖定女冒險者傳出的風聲大概是這種感覺。

「我只把這個祕密告訴妳們，別說出去喔。妳們知道和真想娶老婆了嗎？」

「等等，說仔細一點啦。」

之前我闖進某個女冒險者聚集的酒會，她們雖然露出嫌棄至極的表情想把我趕走，但我提起這個話題後，她們的態度忽然一百八十度大轉變。

「他不是從很久以前就說過冒險者這行太危險，想辭掉工作窩在家裡嗎？」

「喝醉的時候好像經常掛在嘴邊耶。」

其他人似乎也都聽說過，每個人都輕輕點頭。

「所以啊，這次打倒魔王後，他好像就要直接放棄冒險者這一行了，結果他開始嚮往平穩恬靜的生活。我那個麻吉賺了超多錢，未來每一天應該都能過得逍遙自在吧。好羨慕喔。」

「聽說光是魔王軍幹部的懸賞金就很驚人了……」

「喏，前陣子阿克婭小姐把城牆弄壞後，修繕費就是和真付的，他就是這麼有錢……」

「我還聽說他跟那個魔道具店的面具怪男聯手，賺錢賺到手都軟了……」

女冒險者們將臉湊在一起竊竊私語。

看來只要再補一刀，她們就會上鉤了。

「可是和真身邊還有那三個人啊。想娶老婆的話，應該會從她們之中挑選吧？」

這也是可以想見的事。他們四個經常一起行動，誰看了都會這麼認為。

「喂喂，妳們在說笑吧。仔細想想看。一個是滿腦子只有爆裂魔法，身材毫無曲線的小鬼。另一個十字騎士雖然地位崇高、面容姣好，卻是個超級大變態。最後剩下的阿克婭大姊可是那個阿克西斯教的大祭司啊，感覺像把在酒會上表演宴會才藝跟借錢當成興趣。要是妳們站在和真的立場，會想跟這些人結婚嗎？」

「「「……不會。」」」

所有人似乎都做出「不可能」的結論。

其實我覺得和真跟惠惠之間滿可疑的，但我也說不準。

「那麼各位再仔細想想，前去討伐魔王的和真成功打敗魔王凱旋歸來後的狀況。我的麻吉在激烈無比的戰役中身心俱疲，這時若有個女性能溫柔撫慰他的心靈，以母性包容他的話……
他應該會墜入愛河吧？」
「那三個人雖然很美，卻都是那副德性，所以……有機可乘！」
「抓住這個大好機會的話，就能飛上枝頭當鳳凰了。或許值得一試！」
「和真不習慣跟女性相處，利用肢體接觸再對他百般體貼，應該會立刻淪陷！」
「是吧～我認為在座的各位長相不差也充滿魅力。如果和真又覺得『妳們居然賭上性命替我守護居住的城鎮和房子』……各位應該懂吧？哦，這攤算我的，盡量喝吧。」
我不停給她們灌酒，說盡好話吹捧她們。
我也將這件事告訴其他人，煽動公會裡的所有女冒險者。
結果謠言以我出乎意料的速度瘋狂傳播，單身女冒險者的眼神都變了。
但我沒想到除了女冒險者以外，連女服務生跟公會女職員都聽到了風聲。
……現在想想，好像做得太過火了。
「你幹嘛忽然遙望遠方啊？事到如今才在害怕嗎？」
「才不是咧。我只是在為遠方的麻吉祈求平安。」
抱歉，和真。你回來之後要努力撐住喔，我不管了。
此刻魔王軍仍在逐步逼近，不能一直沉浸在感傷之中。

「喂、喂！看得到魔王軍的陣仗了！」

有「千里眼」技能的人們定睛望向遠方，焦急萬分地喊道。

在我看來還只是幾個小點，但持有技能的人們都震驚地皺起臉，甚至有人弄掉了武器。

「奇斯，情況如何？」

「比起從空中俯瞰，這樣看起來更可怕。我們真的打得贏嗎……」

就連曾經確認過敵軍數目的奇斯都難掩動搖。

第一次看到的人明顯慌張了起來。我動了點歪腦筋才提振起來的士氣瞬間化為烏有。

我能感覺到恐慌氣息迅速擴散開來。

「果然還是太魯莽了。那根本不是我們能對付的敵人。」

「可惡，我明明想拚命努力，但可怕的東西還是很可怕……」

人群中傳出了幾句喪氣話。

隨著魔王軍逐漸靠近，哀號和絕望的聲浪就越來越大。

「怎麼辦啊，達斯特？這已經不是打不打的問題了，我們根本毫無勝算啊。」

琳恩雖然依舊冷靜，抓著我衣服的手卻微微顫抖。

在這種時候也不忘逞強，真像她會做的事。

「別擔心，我早就料到這一步，所以事先準備了壓箱大絕招！」

我用力舉起右手，看向城牆上方。

那裡站著一名正面迎風、眼神直視前方的魔法師。

「哦，站在那裡的人不是惠惠嗎！」

我指著城牆上方大吼一聲。

冒險者們也跟著將視線轉往同一個方向。

「雖然隔太遠看不清楚，但那身打扮確實是腦子有病的爆裂女孩啊！」

「她不是跟和真一起去魔王城了嗎？用瞬間移動回來的嗎？」

「可是，咦，感覺不太對啊？好像長高了。」

看到意想不到的人物登場，冒險者們的訝異馬上勝過對魔王軍的恐懼，開始吵嚷了起來。

我迅速離開現場，用正門後方的梯子一口氣爬上城牆，躲在下方看不見的死角。當我靠近打扮神似惠惠的那個人時……發現巴尼爾老大跟蘿莉夢魔也躲在那裡。

「老大？還有妳，怎麼也在這裡？」

「這麼有趣的精采好戲當然不能錯過。吾準備在貴賓席好好欣賞廢物老闆的醜態，當作她平日給吾添麻煩的代價。」

「我要隨時隨地陪侍在巴尼爾大人身邊。」

老大是來看熱鬧，蘿莉夢魔是一如往常的跟蹤啊。既然無意干擾，我就不管他們了。

「對了，維茲，妳要呆站到什麼時候？麻煩妳按照彩排那樣行動。」

我對那個紋風不動的背影開口後，她還是杵在原地，只把頭轉了過來。

那人就是眼眶泛淚、滿臉通紅的——維茲。

「達斯特先生，這條裙子是不是太短了！居然要我穿上惠惠的衣服，想也知道不可能吧！而且衣服好緊繃，感覺動一下就要撐破了！」

我之前請蘿莉夢魔緊急準備一套跟惠惠相同的服裝，但尺寸好像太小了。

貼身服裝讓她的身材曲線畢露，有種豔麗的性感風情。

「不好意思，只剩下這個尺寸了。維茲小姐，妳不用擔心，也是有這種需求喔！」

「呵哈哈哈哈，老大不小的未婚巫妖竟然穿著十幾歲少女的衣服，感覺還真稀奇啊。呵哈哈哈哈，下次要不要穿成這樣招攬客人？」

聽見兩人說的話，維茲無比羞恥地渾身顫抖。

「達斯特先生，我真的非得這麼做才行嗎？沒有其他辦法了？」

「都已經穿成這樣了，事到如今妳還在說什麼啊？因為妳說不想被魔王軍發現妳的身分，我才特地準備變裝用的衣服耶。」

「我確實說過這種話，可是這也……」

再次確認自己身上的衣服後，維茲似乎開始恐慌起來。

我能理解她的心情。畢竟說真的，這身衣服並不適合她，但卻有一股微妙的悖德感，感覺還不錯。

「不好意思，沒時間讓妳猶豫了。敵人正在一分一秒逼近啊。」

「可、可是……」

維茲彷彿仍有疑慮，壓著裙襬忸怩起來。

雖然很想繼續享受她因害羞而痛苦的樣子，但魔王軍已經要攻過來了。現在可不是悠哉欣賞的時候。

「維茲，妳聽好了。只要朝那群大陣仗轟出爆裂魔法，就能讓他們受到重創，這一點妳明白吧？可是阿克塞爾中能使用爆裂魔法的人就只有惠惠跟維茲而已，所以只要使出爆裂魔法，就只會是妳們兩個其中之一。因此為了讓敵軍和我方誤判，我才特地讓妳變裝喔。」

「我知道，但我真的得說出那句話嗎……」

「是啊，沒有那句話要怎麼開始呢？沒時間猶豫了，妳看，魔王軍馬上就要攻過來了。」

我所指的方向有無數群魔物正在步步逼近。

見狀，維茲似乎終於下定決心。她用力深呼吸，將手上的魔杖伸向前方。

「吾、吾名惠惠！乃是紅魔族……呃……」

維茲說到一半，就欲言又止地瞄了我們一眼。

巴尼爾老大似乎早就知道會發生這種事，只見他拿出寫著台詞的大字報，舉到眼前讓維茲看。

「巴尼爾先生，謝謝你。咳咳。吾乃紅魔族中最沒生意頭腦的廢物，成天給同居人添麻煩，剩到沒人要的終極剩女！……咦？台詞真的是這麼說的嗎？」

老大居然趁亂讓她胡言亂語。

「這不重要，快使出魔法，人們都在等了。」

「好、好的。『Explosion』！」

維茲轟出的魔法綻放出眩目光芒，砸到魔王軍正中心後發出了轟然巨響。爆炸煙霧、粉塵和魔物頓時騰空而起。

「喲呼～真不愧是維茲。這樣應該毀掉四成左右的戰力了。」

只需一擊就能引發這麼嚴重的災害，看來被戲稱為「搞笑魔法」的爆裂魔法也挺管用的。

「好像進行得很順利呢。之後我會跟巴尼爾先生一起躲在暗處，削弱魔王軍的戰力。」

「讓吾見識到這麼好笑的場面，吾就用勞力代替金錢吧。畢竟吾跟小混混冒險者還有契約呢。」

「期待兩位的表現。」

維茲拿起放在城牆角落的便服跳了下去，老大也跟隨在後消失了蹤影。

「那我也去幫巴尼爾大人，呃，幹嘛抓住我的手？請放手，我會追不上巴尼爾大人的！」

蘿莉夢魔毫不猶豫地想跟過去，我急忙逮住她。

「妳要幫的不是他們，而是我這邊的事。」

「我才不要！不跟巴尼爾大人一起行動，我就會心悸、氣喘又頭暈！」

「妳一定是生病了，快去看醫生吧。好了，別再說這些無聊的廢話，跟我來。附帶一提，妳無權拒絕。」

我硬是把她拉過來，她馬上就放棄抵抗了。

不知為何，她臉上泛起一抹紅暈，老老實實地跟在我後頭。

「討厭，你真的很霸道。但我不討厭霸王硬上弓的感覺。」

「我對妳的性癖沒興趣，但我需要妳的能力。這件事沒辦法交給別人做。」

聽我這麼說，蘿莉夢魔低頭做出沉思的動作，隨後又抬起頭來。

她不曉得在想些什麼，直盯著我的臉瞧。

「沒辦法交給別人去做，只有我才能做到的事？」

「是啊，沒錯。我只能拜託妳了。」

「好啦！既然說到這個份上了，我就特地為達斯特先生努力一回吧。」

她心情忽然轉好，挺起乾巴巴的胸部用力一拍，拉著我邁開步伐。

雖然不知道她為何突然幹勁十足，但這樣就省下說服她的時間了，真是謝天謝地。

5

「等一下————！這跟原先說好的不一樣啊啊啊啊啊！好冷，天上好冷！」

「我聽不到妳在說什麼！」

我扯開嗓子回答後方傳來的微弱哀號，對方回我「你這大騙子————」。

回頭一看，只見肚子被繩索纏住的蘿莉夢魔正拚命抱怨，表情還因為風壓變得奇醜無比。

由於肚子的繩索前端綁在高速飛行的菲特馮尾巴上，讓蘿莉夢魔無法自行飛行，只能懸在空中任其拉扯。

「稍微飛慢一點。」

我摸摸菲特馮的脖子提出要求後，打在身上的風壓頓時減弱，風聲也漸漸和緩下來。

「之前明明還說只能請我幫忙，怎麼能這樣對我啊！你就是用這種花言巧語欺騙女人，榨取殆盡後再把她們當成破抹布扔掉吧！」

「妳在說什麼啊，我有什麼辦法。知道菲特馮的真實身分，又可以在天上飛的人只有妳啊。我又不能拜託其他夢魔。」

「那至少像上次一樣讓我坐在後座嘛。怎麼可以把我當成風箏來放！」

蘿莉夢魔雙手環胸，在空中做出盤腿姿勢，衝著我發火。

……其實她還撐得住嘛。

「不把妳綁住，妳就會逃走吧。但為什麼每個人都想騎菲特馮啊？」

「這還用問嗎？白馬王子雖然是每個少女的憧憬，但騎乘白龍可說是更上一級啊！」

「這樣啊。」

這對我來說只是平凡至極的日常而已，但我覺得她不該自稱少女了。

「我可以對綁架這件事不予追究，但我到底該做什麼？」

「居然說我綁架妳……我只想拜託妳一件事，就是對下面那群傢伙散布假消息。」

魔王軍率領的無數魔物就在我們正下方。

為了不被他們發現，我們在非常高的位置往下俯瞰，所以看上去只像一群黑點在蠢動。

「潛行任務啊，感覺很像女間諜耶。但我要散布什麼假消息？」

「我們因為剛才的爆裂魔法耗了不少魔力，現在正在恢復中——先這樣告訴他們吧。還有，我們幾分鐘後會再轟一次爆裂魔法。」

「……有什麼意義嗎？」

「因為團體戰最看重的就是數量啊。要是大批軍力一口氣殺過來，再怎麼勇猛的戰士也會被擊垮。我們的人數目前處於極度劣勢，妳覺得要怎麼做才有勝算？」

「請實力超強的人努力應戰啊！」

她居然好意思把這種小孩才會有的思維堂堂正正地說出口。

但這話也不能說是完全不對，畢竟這個世上確實有人有壓倒性的力量蹂躪敵軍，名字叫御什麼鬼的型男魔劍士也屬於那一類。

「這時候要是有這麼強的人在就能高枕無憂了，但沒有也沒辦法。這麼一來，只要瓦解敵方軍團再各個擊破就行。所以才要放出假風聲。」

「呃，若還會再有一波爆裂魔法打過來……啊啊！如果他們聚在一起就正好了嘛！」

她拍了拍手，好像終於聽懂我的意思，並對此深感佩服。

用爆裂魔法讓敵方受創是我們的首要目的，但那只是伏筆，這才是我真正的目的。要是能讓他們跟命令系統中斷聯繫，我們就有勝算。

「沒必要讓敵方全軍覆沒，大部分魔物的腦子也不靈光，只會靠本能行動。讓這些傢伙看到夥伴被魔法打得東倒西歪，他們應該就會嚇得半死。如果這時候再聽到『隊形解散，各自思考行動』這個指令，妳會怎麼做？」

「……應該會逃走吧。」

「正是如此。我猜這樣就能讓絕大多數魔物脫離戰線。如果正中下懷，應該就有辦法突破重圍吧？」

「達斯特先生，該說你是真的很會動歪腦筋，還是老奸巨猾呢……」

「別稱讚我啦。」

「呃，我不是在稱讚你……那我就聽從邪惡軍師的命令，努力去散布假消息了。」

「哦，麻煩妳了，但也不要逞強喔。發現狀況不對，就給我馬上逃回來。」

「遵命～」

於是蘿莉夢魔揮揮手，往地面飛下去了。

我只能為她祈禱一切順利。

「好，我們這邊也有任務要完成。對吧，搭檔？」

我摸了摸菲特憑的脖子，牠便舒服地瞇起眼睛。

我將手伸向扛在背上的長槍，雙眼直盯著正前方。

有好幾隻神祕物體往此處筆直飛來。我定睛一看，才發現是之前打過照面的那群男夢魔。

「哇嗚～純白的龍族耶，太狂了吧～剛才我明明硬到不行，現在都軟掉嚕～咦？是那時候的輕浮小哥嘛。這是怎麼回事哩？」

說話方式還是一樣煩人。

雖然語氣沒變，眼神卻判若兩人，處處都在提防我。

「好久不見，最近還好嗎？」

「好到不行～！不對，我比較想聽你認真回答喔？」

雖然語氣沒變，聲音卻變得低沉無比。

「有必要回答嗎？反正你們也無法把現在聽到的話告訴別人了，說了有什麼用？」

「哦～口氣不小耶。不能因為我們平常一副吊兒郎當的樣子就小看我們喔～別看我們這樣，我們在地盤上可是武鬥派，威風得很呢。你們說對吧！」

「「我們最強啦！」」

所有人都拿出折疊式長槍，同時將槍頭對準我衝上來。

「最好啦，最強的是我們才對！」

「吼哦哦哦啊啊啊啊！」

菲特馮彷彿要回應我般，從嘴裡噴出了火焰。

呈放射狀擴散的火焰將前方的幾個男夢魔狠狠吞噬。被捲入火焰的那些人，連聲音也沒發出來就直接墜落地面。

「糟糕，全部散開，把他們圍住！」

他們急忙轉換方向，卻只是破綻百出。

菲特馮當場轉了半圈，我則趁勢揮出長槍。

這一揮就將右邊的兩名男夢魔砍倒了，菲特馮的尾巴也打飛了左邊的三個。只用了一次攻防戰，半數敵人就呈現無法戰鬥的狀態。

「喂喂，不會吧！怎麼會強成這樣！區區人類居然能得心應手地操控龍族！」

廢話，因為我跟菲特馮一心同體啊！

「要在戰鬥中驚嘆是你們家的事，但現在應該沒這閒工夫吧？」

菲特馮大展雙翅，高速逼近正前方的敵人。

那些男夢魔嚇到毫無防備，我便用長槍將其胸膛一一貫穿。

回過神來的男夢魔也連忙舉起長槍，但已經太遲了！

我展現出在空戰的機動力差距，繞到他們身後將其打倒，絲毫不給他們抵抗的機會。

「這麼短的時間，就把我的所有同伴……不、可、能……太扯了……」

最後一個男夢魔愕然地瞪大雙眼看向我，隨後便緩緩墜向地面。

我將長槍一揮，清除槍頭沾染的鮮血。

「第一批先收拾掉了……喂喂，我可沒有追加點餐啊。」

我很想告訴自己空中部隊只有男夢魔這些人，現實卻沒有這麼簡單。

我瞪著前方，只見鷹身女妖和蠍尾獅這群長著翅膀的魔物朝這裡飛過來。

「搭檔，使出全力把牠們全部擺平！」

「吼喔喔喔！」

在對方發現之前，我們就破風展開突擊。

「哈啊、哈啊、呼～～只要有心還是做得到嘛。」

把對方打到潰不成軍，好不容易才打敗他們，但我的體力也消耗不少。真想直接休息好一陣子，我卻說不出這種話。

「他們那邊怎麼樣了？」

確認空中沒有其他飛行敵後，我將高度調降。

從上空看來，戰況似乎不壞。

魔王軍應該聽信了蘿莉夢魔散播的假消息，原本密集的陣仗向四面八方擴散開來，有些魔物甚至趁亂往阿克塞爾的反方向逃竄。

「都已經這樣了，戰力還是敵不過魔王軍啊……哦，那邊的戰況好像位居上風喔。」

有好幾道神祕光束在敵軍東側交錯飛舞，還能看到幾處小型爆炸。

我認為必須先確認戰況，靠近現場一看……只見該處正上演著單方面的大虐殺。

「這些戴著面具的詭異土偶是什麼啊！你們幾個，別被那些土偶纏住！它們會自爆啊！」

無數個小土偶用小跑步在戰場上四處奔走，一看到魔物就緊緊抱上去自爆。

「可惡，還戴著那種瞧不起人的面具！既然不能被它們抱住，全部打爛不就好了！」

「白痴，快住手！」

魔物用棍棒敲擊跑到腳邊的土偶，土偶卻在被打中的瞬間連同棍棒一起爆炸了——發動攻擊的魔物也跟著遭殃。

「它們跑得很慢，只要拉開距離遠遠地攻擊……好、好冰！喂、喂，我的腳不能動了！」

「不會吧，腳居然黏在地板上！可惡，怎麼會這樣！」

原本想逃離現場的那群魔物只能拚命轉動上半身掙扎。

「那是……冰嗎？」

我才在想這一大片地面怎麼會閃閃發亮，原來是覆蓋於地面的冰層折射了太陽光。而且這片冰層似乎把魔物的腳跟地面黏在一起了。

「能做出這種事的……不用想也知道是誰。」

那個土偶八成是巴尼爾老大的傑作。我知道他以前會做這種土偶替他保護洞穴。

地面的冰層是維茲的魔法吧。聽說她還是冒險者的時候是個武藝高強的大法師，還被封了「冰之魔女」這種誇張的稱號。但看到眼前這一幕，我也只能相信了。

「維茲用魔法絆住敵人，再靠老大的土偶自爆。真是合作無間。」

在哀鴻遍野的混亂戰場中，所有人都在拚命逃竄，根本沒空留意到飄在空中的我們。這時我發現那兩人待在離戰場有段距離的岩石後方，便直接在他們身後著陸。

「厲害啊，老大、維茲。」

「哎呀，達斯特先生，這邊的狀況還行。因為爆裂魔法耗費了大量魔力，所以只能做到這點程度。」

「唔，感覺不太過癮啊。雖然用『巴尼爾式殺人光線』直接掃飛比較快，但身分曝光只會徒增麻煩。不過，這些魔物驚恐逃竄時散發的負面感情也不賴。」

「應該能放心把這邊交給你們了。後續就麻煩兩位啦。」

我一騎上菲特馮，全身便被輕盈的飄浮感所包圍。

「好，不必擔心這邊的狀況。達斯特先生，要保重喔。」

「汝的死期未到。只要尚未還清跟吾借的款項，汝就不准死。」

維茲單純是在替我擔心，但老大應該是在掩飾害羞……不對，那是真心話吧。

畢竟老大是惡魔，要是我欠錢沒還就死了，感覺他會追到地獄來討債。

雖然我一開始就沒打算死，這下子說什麼也得活下來。

把此處交給離得越來越遠的兩人後，我立刻趕向正門主戰場。

6

正門前的戰場非常激烈。

對上哥布林、狗頭人和骷髏這種低階魔物，就算是單挑，戰況也會對冒險者有利。

阿克塞爾雖然被稱為冒險者新手村，其實卻沒幾個手無縛雞之力的新手冒險者。

男冒險者的成長尤其快速。原因就是……不用我多說，就是夢魔店的存在。

從前輩冒險者口中得知夢魔店的所在位置後，體驗過一次就會無可自拔。為了賺取光顧夢魔店的金錢就會努力解任務。這就是變強的流程。

如此一來，等級就能顯著成長，從新手階段畢業。

但男性冒險者還是離不開夢魔店，就在這座城鎮繼續待著。

結果就量產出一批等級頗高的中堅冒險者。

也就是說，這個鎮上的冒險者都很有實力。

「不過，守在後方那幾個比較棘手啊。」

敵人雖然派低階魔物鎮守前線，守在後方的那些魔物卻幾乎都無法用低階來形容。

用長劍及鎧甲武裝，比殭屍更高階的種族，不死騎士。

頭上有犄角的壯漢猛鬼，食人魔。

另外幾隻則是岩人型的魔像，還有牛頭的米諾陶洛斯。

儘管都是難以對付的強敵，卻只有寥寥數隻，可說是不幸中的大幸。

「半獸人……好像沒看到。呼——」

在可見範圍內沒發現母半獸人的蹤跡，讓我如釋重負。唯獨她們真的先不要。光是想到她們我就渾身顫抖，根本無法戰鬥。

即使能直接跟在前線戰鬥的夥伴們會合，但要是我騎著白龍登場，情況應該會變得更複雜吧。

我當然不希望過去的事被外人所知，但我更在乎菲特馮的處境。

如果她被馴服一事流傳出去，往後一定會有很多壞蛋打起稀有種白龍的主意。

「沒時間想這些了。先在那附近降落吧。」

我引著菲特馮，在城牆附近的森林著陸。

接著再揹起變回人型的菲特馮衝進戰場。

「各位，本大爺來了！」

我快步跑過去，想為正在奮戰的人們來個助攻，結果他們看到我就說：

「混帳，你一個人跑去哪裡摸魚了啊！都這種時候了你還想偷懶，簡直是爛到極點的垃圾敗類！」

「我錯看你了！不對，原本也沒有什麼可以錯看的要素就是了！」

「我知道了。因為人類女性沒把他當回事，他就跟在女魔物屁股後面跑了。一定是這樣！」

明明已經遍體鱗傷，卻只有嘴巴還挺靈活的。

這些傢伙……要是知道我暗地裡做了多少貢獻，應該會嚇得腿軟吧。

「你們不知道我有多辛苦，還敢張口就說，大放厥詞！」

「辛苦什麼，你說說看啊！雖然你也只會胡扯，但我現在很忙，你最好在十個字以內簡單明瞭地解釋清楚！來，快說！」

「對啊、對啊！看你是要說實話被我們殺掉，還是要充當誘餌被丟進敵陣裡，當作你說謊的代價。選一個吧！」

「兩個選擇都是死路一條啊！」

在跟魔物交戰前，我先從後方刺殺這些王八蛋好了。

我緊握長槍，氣得渾身發抖。這時有隻手輕輕放上我肩頭，我便回頭查看。

「達斯特，不能心浮氣躁。」

「你的努力我們都看在眼裡，這樣不就好了嗎？」

「你不想暴露身分吧？辛苦你了，情況還順利嗎？」

夥伴們笑容滿面地前來安慰我。

……既然他們能理解我，那就夠了。

「唉——沒時間扯這些亂七八糟的了。我一邊打飛這些怪物，一邊跟你們解釋細節，這樣可以吧？」

「好啊。」「當然沒問題。」「不要隨便加油添醋喔。」

得到夥伴們的同意後，我領軍衝向最前線。

看到我們猛衝出去，冒險者們都讓出一條路。

離我們最近的敵人是一群用雙腳步行的犬型魔物，狗頭人。

首先由泰勒舉起盾牌，衝進敵人的密集地帶。

「唔喔喔喔喔！你們的敵人是我！」

他用手上的劍敲打盾牌，再用「誘敵」技能吸引敵人的注意。

「哈，這幾個分心啦！」

我趁隙繞到敵人側面，將槍頭刺進毫無防備的對手側腹。

好幾隻狗頭人這才回過神來，從我身後緩緩逼近，但我頭也不回。

一陣破風聲劃過我耳邊後，背後那幾個狗頭人紛紛倒地。

「可不能讓你們倆搶盡風采啊。」

奇斯單膝跪地拉弓放箭後，撩起瀏海這麼說，可能是想耍帥一波。

那群狗頭人似乎認可了我們的實力，「哇」地大吼一聲後便往前方聚集，舉起手上的武器同時發動突擊。

「好啊，正合我意。『Fire ball』！」

這時，琳恩朝著狗頭人群聚處擊發魔法。

四周混雜了爆炸聲響和鮮紅烈焰，還飄散出焦臭味。

剛剛那一擊馬上就打倒了十隻左右。

我的夥伴不像和真小隊那樣，各個都有不輸任何人的出眾本領。

但我們之間有著過去共同累積的信賴和團隊合作精神。而且泰勒、奇斯和琳恩也不再像剛見面時那麼弱，我們都在慢慢成長。

「哦哦，不錯嘛。我們也不能輸！」

「要是表現得比達斯特還差，天曉得之後會被說成什麼樣！各位，拿出幹勁來！」

「我們的成績要比達斯特更亮眼才行！不好好表現就拿不到獎勵了！」

看到我的活躍表現，精神一振的冒險者們也闖進魔王軍的陣仗之中。

「區區人類還敢囂張！不准跟這種破爛地方的新手冒險者陷入苦戰！」

不死騎士大劍一揮，放聲喊話，可能是對我們的攻勢心生焦慮了。這個個體的體型比其他大上一倍，裝備看起來也高級許多。

說穿了，不死騎士跟殭屍差不多，只是等級高了一階。

我們如今會被不死者團團包圍，也是這個前線指揮官的傑作吧。

「你們這些沒被徵召去保護王都的半吊子冒險者，最好給我乖乖聽話不准抵抗！我今天一定要為主人貝爾迪亞報仇雪恨！」

他剛剛是不是說了「貝爾迪亞」？

我聽過這個名字，好像是之前曾經襲擊這座城鎮的魔王軍幹部，是個無頭騎士。他住在郊外的古城裡，被爆裂女孩頻頻找碴後氣得半死。

最後還被阿克婭大姊淨化了。

「喂，小哥！那位高等殭屍！」

「不准叫我高等殭屍！」

他好像聽到我的聲音了。看起來頗嚴謹，還開口吐嘈了一番。

畢竟他是不死者，我看不出他臉上是什麼表情，但頭盔後方隱約可見的那雙毫無生氣的眼神卻緊盯著我不放。

既然他就是這裡的指揮官，只要把他打倒，應該就能讓指揮系統變得更混亂。儘管我想這麼做，旁邊那群不死者也非常礙事。

要打倒他應該不難，但雙方人數相差太懸殊了，要填補這個差距可不容易。既然如此，要不要想辦法把他叫過來這裡呢……

「苦苦生存的可悲之人啊，找我有何貴幹？」

這個不死者也太傲慢了吧。

「雖然用那種高高在上的口氣說我可悲，但你既然是不死者，就表示你以前也是人類吧？」

「是啊，我原本也是跟你們一樣可悲的存在。但我已重生為不死者，蛻下無能的人類外皮了。我等即是跳脫一切欲望的高貴存在。」

聽到這個腐爛屍體口氣如此囂張，我雖然一肚子火，但將這高傲的自尊心加以利用，或許有點勝算。

「偉大的不死者先生，我有一事想問……您說變得清心無慾，是連性慾也沒有嗎？說到底，變成殭屍之後，下半身還能用嗎？啊，原來已經腐爛掉下來了啊，抱歉抱歉。呀哈哈哈哈！」

「別這樣，達斯特。畢竟不死者根本不需要做愛、吃飯跟睡覺啊。他們活著到底要圖什麼樂子呢？啊！抱歉，他們已經死了嘛！噗哈哈哈！」

奇斯好像發現我在打什麼主意，便跟我一起搧風點火，抱著肚子笑倒在地。

「……一群利慾薰心的俗人。這種粗鄙莽夫居住的城鎮的冒險者居然殺害了我的主人？想必主人一定心有不甘吧。部下們，將這群頑劣至極的人類全數殲滅！」

不死騎士雖然火冒三丈，但只給出了指示，自己卻按兵不動。

因為他是不死者，看不出表情變化，但從這個言行來看，感覺只要再補一刀就行了。

「躲在安全的地方說得有多了不起似的，其實你快嚇死了吧？有種像個男人領軍戰鬥啊。啊，還是算了吧，我反而想請你別靠太近。畢竟你身上臭到我鼻子都要歪掉了。對吧，琳恩？」

話題忽然轉到自己身上，讓琳恩一臉詫異，但看到我點頭的動作後，她似乎就立刻切換了情緒。只見她微微歪著頭閉上眼睛，隨後馬上開口：

「怪物也得注重保養喔。我看你好像是軍隊司令，那就更得多加留意才行了。你聽過『體味騷擾』這句話嗎？」

「奇怪，好臭喲，臭臭。」

琳恩跟菲特馮都捏著鼻子，誇張地把臉皺成一團。

「不要在他面前提到臭味兩個字啦，不死者身上當然會有腐臭味嘛。抱歉，我這些夥伴太失禮了。」

泰勒罵了她們幾句後，還彬彬有禮地跟不死騎士道歉。但這好像引發了反效果，讓不死騎士的身體猛然一晃，腳步也站不穩。

「我、我跟這些部下都是不死者，所以沒有嗅覺！根本不會有人在意這種事！」

「啊，難怪。所以其他部隊才不跟你們這一隊走太近，還孤立你們啊。臭成這個樣子誰會想靠近嘛。喂，你們也是這麼想的吧！」

我把話題丟給剛剛還在跟我們戰鬥的狗頭人，他們就別開目光，摀著鼻子拉開距離。

就算沒說出口，這個舉動也如實傳達他們想說的話。狗頭人是犬型魔物，鼻子自然靈敏，所以才難以忍受這股腐臭味。

看到他們的反應，不死騎士當場跪了下來。

「過去我屢次感受到自己在魔王軍內和其他種族有些疏離，但每次我都告訴自己只是多心罷了。可我沒想到原因竟出在這股臭味上！我永遠都無法和狗頭人和睦相處了嗎！虧我生前還在家裡養了好幾隻狗！」

他受到的精神打擊比想像中還要嚴重。

「總覺得有點可憐耶。達斯特，我們說得太過分了，跟他道個歉吧？」

「好、好吧，說得也是。別放在心上啦。那個……對了。就算身體腐爛，也別讓心跟著腐爛喔。」

我對不死騎士說出體貼的安慰，他卻不發一語地站了起來。

「唔——哈哈哈哈啊啊啊啊！區區人類竟能將我愚弄至此……我要直接親手把你們送上西天！」

不死騎士將劍橫向一揮，其他不死者便默默分兩側，在我們跟不死騎士之間讓出一條路。

「愚弄我的那四個人，儘管放馬過來。或是放棄掙扎，在我面前俯首垂憐也行。若想拔刀相向，就拚命抵抗試試看啊。」

「一對四啊。哈，太小看我們了吧。等等後悔了我可不管喔。」

白痴被挑釁後，毫不在乎地上前應戰了。

「你才瞧不起我吧？居然揹著幼兒上戰場，到底在想什麼啊？把那個幼兒放下來，讓她避難去吧。」

「真體貼啊，但你管太多了吧。跟你這種人交手，我怎麼可能受傷呢。啊——我知道了。你想先為戰敗後的自己留點藉口，希望我在準備萬全的狀況下應戰是吧？」

「達斯特，你看看氣氛好嗎？輸給揹著幼女的冒險者實在太丟臉了，他才像這樣拐著彎拜託你啊。」

「果然沒錯。抱歉抱歉，我就把她放下來吧。」

我作勢要把拚命抵抗的菲特馮放下來時，不死騎士就將劍狠狠打向地面。

「夠了！直接上吧！我要讓你那張呶呶不休的嘴再也張不開！你就親自領教一下我這讓貝爾迪亞大人刮目相看的劍術吧！」

哦，他真的生氣了。如果他不是不死者，感覺會氣到滿臉通紅。

「夥伴們，接下來要認真應戰了。我猜這傢伙是這裡的指揮官，身手應該非常了得。所以只要打倒他，戰況就能好轉。用盡全力讓他哭出來吧。」

「感覺不豪雌。」

「還用得著你說嗎？這裡有這麼多觀眾，根本就是引人矚目的絕佳舞台。」

「防禦工作交給我，你們專心攻擊吧。」

「小心別被我的魔法波及喔。」

我的夥伴們稀鬆平常地說道。

狀態跟平常一樣，絲毫沒有逞強的感覺。真是一群可靠的傢伙。

為了不讓敵人跑到我們這裡來，其他冒險者也一直在拚命戰鬥，我們也要為了他們盡快解決敵人才行。於是我跟泰勒並肩挺身而出。

不死騎士的武器是大劍，沒有裝備盾牌。

首先由泰勒舉盾，以滑步方式慢慢縮短距離。我則在他後方觀察對方的動向。

「別做無謂的掙扎了！」

不死騎士將大劍往橫一揮，泰勒便用盾牌接下攻擊。看到對方停下動作，我認為時機正好準備撲過去時，眼前的龐然巨軀竟忽然從視野中消失了。

「唔喔喔喔！」

泰勒發出低吼，就這麼舉著盾在地上滑了出去。他是被大劍打飛的嗎？仔細一看，他的盾牌表面有個巨大凹陷，還有幾道裂痕。

「沒事吧！」

「嗯，我沒事。但他的蠻力簡直非比尋常。」

人跟殭屍有許多相異之處，若要舉幾個代表性的例子，應該就是殭屍沒有痛覺、力氣倍增及體味惡臭吧。

可能他生前就擁有可怕的蠻力，變成不死者後又獲得強化。

「你們再堅持一會兒。『狙擊』！」

奇斯放出的箭朝對方的臉直飛而去，卻在命中前被大劍的劍身彈開了。

他又連續射了三箭，但全都被擋了下來。

「不死者就要用火焰對付。『Fire ball』！」

琳恩的魔法成功命中並迅速燃燒，不死騎士卻若無其事地從爆炸煙塵中現身。

「火力挺強的嘛。但這點程度的威力，還不足以讓我葬身火窟。」

他還有魔法抗性啊。

「但你們的表現比我想像中好太多了。聽說這裡是冒險者新手村，我原本以為不必派出龐大戰力，看來得修正一下才行。」

「那你要不要先撤回去補強戰力啊？」

「這提議很吸引人，但魔王軍的主戰力正在跟魔王陛下的千金侵略貝爾澤格王都，沒辦法調派多餘的兵力過來。」

黎歐諾公主提供的情報果然沒錯。

敵方無法增援，這可真是值得一聽的情報。如此一來只要擊退眼前這支大軍即可，簡單多了，真是謝天謝地。

「此外還有另一個無法撤退的理由。如今魔王軍有許多幹部都被打倒，空出不少位置，要是我現在能拿出戰果，坐收幹部之位也是指日可待。跟貝爾迪亞大人相同的地位……不對，如果地位相同，我直呼他貝爾迪亞就行了吧。唔哈哈哈哈哈！」

他將手放上額頭，上半身往後仰，大肆嘲笑本該尊敬有加的上司。

……先前還滿口仁義道德呢，現在卻變成這副德性。

「王八蛋，剛剛還說人類是被利慾薰心的俗物，結果你也沒擺脫升官的欲望嘛！」

「閉嘴！你能明白失去人類三大欲求的不死者的心情嗎！不能勃起、沒有味覺、無法入眠。這樣的我求點升官的希望又有什麼不對！」

或許是平日累積了不少鬱悶吧，他大聲喊出真心話的樣子實在讓人不忍直視。

但好像所有不死者都是這麼想的，只見一旁的殭屍和骷髏都點頭如搗蒜。看來不死者的世界裡也充滿了苦惱。

「居然直接擺爛……但這一點我不討厭就是了。比起無欲無求的聖人，像這樣有點人類的感覺比較好。」

「你……比我想像中還要好溝通啊。若不是用這種方式相遇，我們或許能變成好朋友。」

「是啊，應該會吧。真想跟你去喝一杯。」

我跟不死騎士看著彼此，有些害羞地揉揉鼻子。

此刻的溫馨氣息令人想像不到此處竟是戰場。

當我倆的氣氛正好時，我的後腦杓忽然傳來一股衝擊。

「好痛！幹嘛突然揍我！」

回頭一看，原來是琳恩揮下魔杖敲我。

「你們怎麼開始惺惺相惜了啊？拜託別營造出這種難以痛下殺手的氣氛。你不也是敵軍的頭頭嗎？振作一點啦。」

「「對不起。」」

我和不死騎士不約而同地說。

「既然被罵就沒辦法了。喂，我要上嘍。」

「雖然差點忘了自己的立場，但還是得認真應戰。」

重整旗鼓後，我們都擺出迎戰架式。

對方將大劍高舉過頭，我則微微蹲下馬步，輕輕嘆了口氣。

敵我雙方都屏氣凝神地看著我們，這時由我率先行動。

我往前踏出一步，從對方大劍無法觸及的範圍外刺出長槍。

不論步法、速度和戰力，這都是無可挑剔的一擊。以肉眼難以捕捉的速度風馳電掣般刺出的長槍槍頭……深深刺進了不死騎士的腹部。

「太好了！達斯特，幹得好！」

夥伴和冒險者們爆出歡呼聲，我卻沒有任何回應。

因為不死騎士用力緊握我刺出的長槍槍柄，一雙眼直盯著我看。

「真有兩把刷子。如果我是人類，應該已經分出勝負了吧！」

「你是故意往前踏讓自己被刺傷的嗎！」

居然掉進了對方的圈套。但我還來不及懊悔，大劍就朝我的腦袋用力揮下。

我急忙放開長槍往後跳去，但已經太遲了。

「達斯特——！」

琳恩發出慘叫。當所有人都以為萬事休矣，別開目光的瞬間——

「上吧，菲特馮！」

「嗯。」

她把下巴靠在我的肩膀上，大嘴一張，嘴裡就噴出一團火焰。

在極近距離下被烈火吞噬的不死騎士直接滾倒在地。

「唔喔喔喔喔喔！著火啦啊啊啊啊！」

「我來讓你解脫吧。」

我將長槍拔出他的腹部，以一記水平橫掃砍下他的頭顱。

化為火球的頭顱在地面上滾啊滾的，滾到不死者部下腳邊才停下。

周遭那群不死者頓時嚇得無法動彈。果然沒錯，就是這傢伙在指揮不死者。

「可惜啊，你的敗因就是太小看我這位搭檔了。」

……其實我也是最近才知道菲特馮在人型狀態也能噴火，但還是別說出來吧。

我高舉長槍，彷彿要將其刺向天空般宣揚勝利。

看到我的動作，眾人爆出了熱烈歡呼將我包圍……並沒有。

全場鴉雀無聲。剛剛還在戰鬥的那些人都停下動作，一個勁地盯著我瞧。

那是什麼眼神？

「……我還以為達斯特會被幹掉耶，是不是突然起火了？」

「對啊，怎麼會突然起火呢？難道達斯特施展了某種騙術？」

「背上那個幼女不安分地動了幾下之後，好像就燒起來了……嗯——」

眾人都對我拋來懷疑的視線。

糟糕，雖然沒人直接目睹菲特馮噴火的畫面，但他們一定會起疑心。不能讓身分曝光，我該找什麼藉口開脫？

有沒有什麼說法……能讓他們接受突然起火的理由？

「喂，達斯特。剛剛那個幼女是不是噴——」

「哇——！還好我及時用魔法助攻！時間點是不是抓得超準呀？好好感謝我吧，都是多虧我的魔法才能得救。哎呀～連我自己都覺得這一擊太精彩了。嗯嗯，只要有心就能成功呢。」

打斷那些提問的冒險者的人就是琳恩。

她的作戰計畫是連珠炮似的說個不停，不讓對方有機會反駁嗎？

「咦？可是剛剛那個幼女——」

「好了好了！沒時間瞎扯了。來，得把那些動彈不得的不死者殲滅才行。馬上行動，快一點！」

「知、知道了！」

琳恩強制中斷話題給出指示後，冒險者們就去攻擊那些失去命令系統後呆滯不動的不死者。

這麼一來，這一帶應該就能順利解決了。

「謝謝妳幫忙，琳恩。」

「明明平常說謊跟呼吸一樣自然，別因為這種事動搖心神啦。真受不了你，沒有我就什麼都不會。」

「是啊。以後也要繼續麻煩妳了。」

「包在我身上。」

琳恩往自己胸口用力一拍，開心地笑了。

她的笑容讓我看得出神。結果我的頭居然被人咬了一口。

「喂，住手啦，菲特馮！我的頭又不好吃！夠了，不要亂啃，我會禿頭啦！」

「達施特，表情很方蕩。」

我把菲特馮從我頭上扯開，整個頭都是她的口水。

她的牙關咯咯作響，表示還沒咬夠，於是我先把攜帶口糧丟進她的嘴裡。動動嘴巴咬幾口之後，應該就會安分下來吧。

「把剩下的掃蕩完畢後，就攻向敵人的大本——」

「那、那些傢伙想幹嘛！忽然衝出去了！」

「等、等一下！喂，他們往鎮上跑過去了，誰快去攔住他們！」

「可惡，其他傢伙還一直來干擾！」

原以為可以放心了，周遭卻傳來哀嚎和怒罵。

我循聲望去，發現有部分不死者忽然動了起來，大舉往城鎮方向湧去。還有一群食人魔也趁亂跟著不死者衝向城鎮。

「可惡，那傢伙死了之後，他們不是無法動彈了嗎？」

「呵呵呵，真是一群天真的人類。」

「這個聲音是！」

彷彿從地底下傳來的聲音，我好像在哪裡聽過。

我開始尋找聲源，集中注意力四處觀察，發現那道聲音來自倒在腳邊的不死騎士的頭顱。

「一群蠢貨，居然被我的詐死之術所騙。其實我不是不死騎士，而是無頭騎士！所以頭被砍了也無所謂！」

「這樣啊，徹底上當了呢。」

「你們驚訝的樣子實在太滑稽了。我倒下之後，那些不死者只是遵循本能失控亂竄而已……呃，你在做什麼？」

我默默走到頭顱面前舉起長槍。

「還問我要做什麼？你只要默默裝死就好了，還故意出言挑釁，我當然是要給會說話的頭顱補上最後一槍啊。」

「啊，那個。你想想看，對無法抵抗的脆弱頭顱下手，以人權而言是否有些不妥……」

「屍體沒有人權啦！」

雖然讓頭顱安靜下來了，但也不能放任衝進城鎮的那些怪物不管。

第三章 將這個故事畫上休止符！

1

其他冒險者跟夥伴們忙著對付剩下的敵人而分身乏術。既然如此，只能由我出馬了！

「這裡交給你們了！我去追跑到鎮上的那些怪物！」

「哦，去吧！我們會死守這裡！」

「一定要保護好漂亮的大姊姊！」

「盡快解決，平安回來！」

我帶著夥伴們的鼓勵，拔腿衝向阿克塞爾。

為了運送傷患而開啟的城門縫隙似乎被撬開了，還有幾個被打倒的士兵倒臥在大門附近。

「喂，你們沒事吧！」

「還、還撐得住。別管我們了，快去追那些魔物！他們兵分兩路，一群跑向冒險者公會……另、另一群衝到富裕階級的居住區……咳咳……嘎哈！」
士兵說到一半就開始猛咳，嘔出大量鮮血。
或許是內臟受損的緣故，這種出血量已經無力回天了。
「別再說話了！」
「不用擔心，這只是剛剛為了舒緩緊張偷喝的葡萄酒而已。」
算了，管他去死。
我本來想無視這個讓我會錯意的士兵，前去追趕魔物，但我該去哪一邊？
距離最近的……是冒險者公會。那裡應該有些受傷的冒險者。
要是現在遭到攻擊，他們肯定撐不了多久。話雖如此，我也不能放過另一群魔物。
「菲特馮，我想請妳幫個忙。」
「什麼事，達施特？」
我解開嬰兒揹巾，把揹在身後的菲特馮放下來。
「我去追這邊的魔物，妳負責追那邊的魔物。變回龍型也無所謂，可以幫我保護這裡的居民嗎？」
「嗯，可以。」
菲特馮點了頭兩下，我也摸了摸她的頭。

如果維持人型，她再怎麼努力也追不上那些魔物。或許又會出現白龍現身的傳言，但這都是為了度過當前的危機。

「哦，達斯特先生。你在這裡做什麼？」

此時忽然傳來一道聲音，我抬眼望去，原來是個騎著白馬的男人。他身穿便服，頭上只戴著全罩式頭盔，實在可疑至極。

他就是以前買下我的頭盔，現在還戴在頭上的奇怪貴族。我在心裡都叫他頭盔男。

「這個幼女……難道是達斯特先生的孩子嗎！」

「不是啦！沒時間說這些了，你能不能幫我個忙？」

「當然，樂意之至！」

他聽都沒聽就一口答應了。

能迅速達成共識，我也樂得輕鬆，還是別吐嘈了。

「你帶著她去追魔物吧！對了，拜託別把現在看到的一切洩漏出去喔！」

「這是只屬於我們倆的祕密吧！我絕對不會說出去，一定會把這祕密帶進墳墓！」

「是、是嗎？那太好了。」

雖然很好奇他為何開始粗喘，但還是直接忽視這個疑問吧。

白馬奔馳而去後，我也轉換心情，往反方向全速前進。

冒險者公會的大門已被破壞殆盡，裡面還時不時傳來喊叫聲。

我腦中閃過最壞的打算，但還是揮去這個想法，趕緊衝進公會。

「你們還活著……嗎……？」

映入眼簾的景象讓我腦中一陣錯亂，思緒頓時停擺。

一群食人魔跟受傷的冒險者正在相互牽制，這我看得出來。

但他們之間為何夾著巴尼爾老大，還惡狠狠地瞪著彼此？

「可惡，絕不能讓公會遭到破壞！一定要死命保護公會和職員！」

「廢話，還用得著你說！」

冒險者們將公會職員護在身後並舉起武器。

明明身上的傷還沒痊癒，這些冒險者卻無意逃跑，勇敢迎戰。

「各位居然為了我們……雖然你們老是胡搞瞎搞，讓我們費盡心思收拾爛攤子，委託費高一點就挑三揀四，還會乘著酒意跟我們搭訕，給人的印象就是到處添麻煩，但還是願意救我們。雖然遲遲盼不到婚期，但能在公會櫃檯工作真是太好了。」

冒險者捨身奉獻的精神讓櫃檯小姐露娜和其他職員都感動地紅了眼眶。

「我們一定會保護妳們，否則就領不到錢了！」
「咦？」
「都已經努力到滿身瘡痍了，怎麼可能做白工啊！要是公會被攻陷，明天的酒錢也泡湯了！」
「…………」
得知冒險者的真心後，公會職員都面無表情地安靜下來。
不過與其說些漂亮話，我倒覺得這樣比較乾脆。
「哈，我能認可你們的鬥志，但你們以為受了傷還能贏過我們這些食人魔嗎？」
在食人魔中體型又大上一號的個體往前踏出一步冷笑道。
看來牠似乎就是這群食人魔的老大。
不同於哥布林這種嘍囉，食人魔相當好戰，是非常凶猛的魔物。
至少低階冒險者沒辦法跟牠們正面對決。
「我們現在身上有傷，確實敵不過你們，但男人有時也不能退縮啊！」
「雖然我們是女人啦。」
冒險者們用力點頭，明知毫無勝算卻還是無意逃跑。
……乍看之下是很帥氣沒錯，但從剛剛開始，他們說話時就一直在偷瞄巴尼爾老大。

食人魔雖然戰意十足卻也還沒動手，也是因為對老大的存在充滿好奇。牠們跟冒險者一樣瞄了老大好幾次。

萬眾矚目的巴尼爾老大卻一副事不關己的模樣，將椅子拉到桌邊後坐了下來，優雅地開始喝茶。

雖然這一點也不重要，但老大的身體是土做的，有辦法飲食嗎？

「那個，巴尼爾先生，情況就是這樣。如過您能協助我們跟魔物對戰，可說是如虎添翼啊。」

「哎呀，有疑難雜症要找吾諮詢嗎？」

老大不知從哪兒掏出一個水晶球放在桌上。

「歡迎來到諮詢處，迷惘的冒險者啊。無論是什麼煩惱，吾都能用占卜來解決。」

居然在這種狀況下忽然進入諮詢模式！

老大偶爾會在公會一角提供諮詢服務，用占卜……應該說異常準確的預言來解決眾人的煩惱。

雖然知道這件事，但在這種狀況下他還想諮詢喔？

「那、那個——比起占卜，我們更希望您去擊退魔物。」

「等等！這位是前魔王軍幹部巴尼爾大人吧！您在人類的地盤做什麼啊！」

看似老大的食人魔立刻走向巴尼爾老大，口氣變得彬彬有禮。

這傢伙好像認識老大。更可怕的是……剛剛那句話是不是不太妙啊？要是大家知道老大是前魔王軍幹部，可能會亂成——

「啊，他果然是魔王軍幹部啊。」

「畢竟公布欄上有他的畫像和賞金嘛。我就說吧，他就是本人沒錯。」

「用這麼顯眼的面具偽裝，誰都看得出來吧。」

結果大家都沒有絲毫訝異。

也沒有亂成一團，全都接受了這個事實。

「嗯，吾現在只是個在魔道具店工作的小店員罷了。怎麼樣，要不要來個賣剩的庫存商品啊？」

「不需要！為什麼前魔王軍幹部會在魔道具店上班啊！您的薪資應該也不低啊！」

原來魔王軍會付薪水喔。

「嘰哩瓜啦的吵死人了。吾是『前』幹部，如今是沒有契約的自由之身，沒道理被汝等說三道四。不想占卜就是妨礙吾做生意，走走走。」

老大像驅趕害蟲般揮了揮手後，食人魔才不甘願地閉上嘴。

見狀，其中一名冒險者急忙站到巴尼爾老大面前。

「巴尼爾先生，能算出這場戰爭的致勝方法嗎？」

「若是迷惘的貴客就另當別論了。吾特別用超低價格實現汝的願望，為汝占卜未來吧……

哦哦，原來如此。占卜結果是吉，汝能花錢收買實力堅強的惡魔喔。」

這根本就是在說老大吧。

諮詢的冒險者似乎也聽懂話中含意，便從桌邊探出身子逼近老大。

「要將那位拉攏到我方陣營需要多少錢呢？」

「等一下！要錢的話我有！十萬艾莉絲怎麼樣！」

大聲插話的正是敵方食人魔。

「你這傢伙別來搗亂！我出二十萬！」

「那三十萬如何！」

「四十萬，不，四十五萬！」

「你們現在身上有多少錢！全部拿出來！」

巴尼爾老大的競標大會開始了。

價格在短時間內急速飆漲。我雖然也想參加，卻沒有收買老大的錢。不僅如此，我跟他借的錢都還沒還呢。

現在只能在一旁觀望了。

「七十萬一千艾莉絲！」

「那我出七十萬一千五艾莉絲！」

兩邊財力似乎有些吃緊，開始小額加價了。

「一千萬。」

「「「咦？」」」

我好像聽到了一個天文數字。

「我出一千萬艾莉絲。」

走到巴尼爾老大面前的正是櫃檯小姐露娜。

「汝的腦袋還清醒嗎？」

「是的。我要用公會金庫裡的一千萬艾莉絲買下巴尼爾先生。」

出乎意料的發展讓全場鴉雀無聲。

露娜一臉嚴肅，巴尼爾老大則滿心愉悅地看著她。

「呵、呵哈哈哈哈！不錯，我太喜歡妳了，苦無對象的人類女子！吾就用一千萬被汝買下來吧！」

「非常感謝您，巴尼爾先生。那麼，能請您馬上解決掉這群魔物嗎？」

露娜微微一笑，指著那群食人魔說道。

「了解，就來個跳樓大拍賣吧。讓汝等見識見識比平常更威猛的巴尼爾式殺人光線！」
巴尼爾老大對四處逃竄的食人魔連續射出了神祕光線。
應該可以把這裡交給他了吧，嗯。
不必留到最後確認結果了，於是我跑出公會，前去追殺另一邊那群魔物。

2

「應該是這裡沒錯啊。」
我在追趕途中沿途向鎮上居民打聽，但他們說的話令人匪夷所思。
「不死者跟那群魔物心無旁騖地往前直走了，所以我們才沒遭殃，但真的好恐怖啊——」
「對啊對啊！不死者徹底失控，其他魔物好像都在拚命追趕他們呢。」
以上是居民的說詞。其他人也都說了類似的話，目前鎮上還沒傳出災情。
這當然是好事一樁，但他們的目的到底是什麼？
我沒有放慢奔跑的速度，腦子也轉個不停，卻仍想不出所以然。
「既然想也想不通，那就不要想了！」

我馬上捨棄這些擾人的思緒，加速往前跑。

從剛才開始我就對另一件事相當在意，就是我對這條路有印象。應該說這條路我走過好幾次了。

穿過巷弄後，出現在前方的……竟是和真的豪宅。

「他們的目標是打敗魔王軍幹部戰果豐碩的和真？」

那他們白跑一趟了。和真他們現在應該在魔王城附近，搞不好已經闖進去了。

「不過……這麼說來，阿克婭大姊似乎有莫名受不死者喜愛的體質。會不會是她殘留的氣味引來了不死者？」

不管怎樣，我都不能讓他們破壞和真的豪宅。摯友拜託我守住他的家，這我可沒忘。

我緩緩接近豪宅，發現裡頭傳來慘叫聲。

和真的豪宅裡應該空無一人，難道是附近居民被捲進來了？

「一定要趕上……啊？」

正當我焦急萬分時，卻看見一匹白馬，以及站在一旁的頭盔男和菲特馮。

「你們在這裡幹嘛！沒看到豪宅被攻擊了嗎！」

兩人回頭看著我，表情一點也不驚訝。

「原來是達斯特先生啊。與其說豪宅被攻擊，不如說豪宅正在攻擊。」

「嗯，不用去邦忙也沒關係。」

「別說這種莫名其妙的話。」

這兩人說了些意義不明的話，於是我推開他們往豪宅窺探，發現眼前的景象慘不忍睹。

「唔喔喔喔！田地裡的藤蔓纏上來了！放開我、快放開我！」

「咕啊啊啊！蔬菜居然爆炸了！」

「殭屍跟骷髏一個個都變成田裡的堆肥了！」

不死者在庭院的田地裡陸續爆炸四濺。

其他魔王軍魔物也被地面長出來的植物莖藤纏住，或是被田裡飛出來的蔬菜炸飛，還被從豪宅丟出來的酒瓶和石頭砸個正著。

有人在裡面嗎？我環視周遭，卻沒有半個人類。

「這兩隻貓跟雞是怎麼回事？有夠礙事，閃邊去！小心我殺了你們。」

在拚命斬斷莖藤的魔物附近，有一隻黑貓和一隻雞。

黑貓是爆裂女孩視如珍寶，名字很怪且長了翅膀的貓。雞應該是原本那隻深得阿克婭大姊喜愛，名字很響亮的小雞吧。

「喂，別跟那種小動物玩……不會吧，不不不不！」

「幹嘛忽然這麼緊張，怎麼回事？」

一直盯著那兩隻動物的魔物忽然亂了陣腳。

「我剛才用『識破』觀察那兩隻的狀態，結果那隻雞的等級高到不行耶！而且那隻黑貓的職業居然是『邪神』……」

我偶然聽見了魔物的對話，但那兩隻動物這麼厲害嗎？

應該是我聽錯了吧……但還是當作沒聽見好了。情況已經夠複雜了，我可不想增添額外的煩惱。

魔物沒察覺到我們的存在。我看著他們，同時揹起菲特馮。

他們的注意力都放在蔬菜和兩隻動物上頭，背後變得破綻百出，於是我輕而易舉就把他們幹掉了。

「很好，這邊應該處理完畢了……菲特馮，妳在吃什麼？」

「黏黏的薯類。」

我還在想她從剛才就安安靜靜地在做什麼呢，居然正在吃散落一地的蔬菜。

「吐出來，不能吃掉在地上的東西。」

「還給窩——」

我把菲特馮拿著的黏黏薯類搶過來收進口袋。要是丟在地上，她應該又會撿起來吃。

我用「之後再讓妳吃更好吃的東西」說服她後，就讓還在鬧脾氣的菲特馮坐上白馬。

平安守住豪宅（？）後，我駕著白馬在鎮上奔馳，順便搜查有沒有其他闖進來的魔物。順帶一提，頭盔男二話不說就把這匹馬借給我了。

「如果我騎上達斯特先生的翹臀緊貼過的馬鞍，說是融為一體也不為過吧！」

雖然很想知道他在碎碎唸什麼，但我急著出發，所以沒理他。

保險起見，我也繞到魔道具店巡了一下，卻看見那個穿著鳥布偶裝的人以敏捷的身手打敗了魔物。

還以為他是吉祥物呢，沒想到也身兼看門狗……應該是看門鳥。

和真的豪宅和魔道具店都沒事，那就得盡快回到正門前才行。我很擔心琳恩他們。

「達施特，那邊好操。」

「唔呃！幹嘛忽然抓我！」

菲特馮像要從身後捧住我的臉頰般猛地一抓，硬是將我的臉轉向旁邊。

仔細一聽……確實有吵雜聲。

那個方向是警察局吧。難道真有趁機上警局大鬧的蠢貨嗎？若真如此，就算我不插手，警察也會想辦法解決。但如果是魔物的話……

「這時候若賣點人情，以後在拘留所的待遇可能會好一點。」

「真不貪率。」

「哼，我哪有。」

雖然嘴上說得不太好聽，我的身體還是下意識往警局奔去。

「有變態——這裡有個變態魔族啊！」

「這傢伙明明是個變態，怎麼這麼強啊！」

「誰是變態啊！」

警察局前面正在上演逮捕犯人的戲碼。

有個只穿著上衣和內褲的魔族男子單手持劍大鬧警局。

「忽然現身的變態魔族！這是警告！立刻丟下武器放棄抵抗！」

「少囉嗦！可惡、可惡，我怎麼會出現在這裡！魔王城……那個油嘴滑舌的卑鄙小人跑到哪裡去了！冷靜，我要冷靜，這種時候才更要拿出騎士的表現。可惡，我最不會動腦思考了，這下該怎麼辦啊啊啊啊！」

他像個鬧脾氣的小孩般不停揮劍，讓圍在一旁的警察不敢輕易靠近。他好像已經砍傷好幾個人，有數名警察鮮血直流地倒臥在地。

看起來只是個普通變態，沒想到武藝如此精湛。

要竭盡全力壓制他的話，就得犧牲好幾名警察才行。

但由我出面單挑，應該能解決這個變態。

這些讓人火大的傢伙平常都二話不說直接逮捕我，但看看他們感激涕零的模樣似乎也不壞。

還是不要帶著菲特馮在警局前戰鬥好了，感覺會被安上莫須有的罪名。

我叮囑菲特馮要她乖乖待在馬上後，便下馬闖入騷動中心。

「你們不是他的對手，閃邊去，別來搗亂。」

我把警察推開挺身而出。這傢伙兩週前才用「我不可能是無辜的」這個罪名把我抓進警局。

「是達斯特啊，你在這裡幹嘛？難道在這種狀況下還想摸魚嗎！你這傢伙真是……」

「不是啦！我可是在你們面臨危機時颯爽登場耶，這輩子都給我心懷感激，不准再逮捕我了。好了，快把傷患抬走。」

「這是必要的犧牲嗎……抱歉，麻煩你盡可能拖延時間，運送完傷患後我會立刻請求支援。那個變態的外型跟身手都很可怕，千萬不能掉以輕心！」

我沒轉身，只對為我擔心的警察揮揮手示意。

平常只會對我破口大罵、瘋狂說教，居然還會擔心我啊。

「喂，這位變態，我在趕時間，你就乖乖被我收拾吧。」

「你誰啊！我可是忽然被傳送到莫名其妙的地方，現在正煩著呢！既然要來找碴，就給我做好覺悟！」

他立刻蹲下馬步握緊長劍，看上去無懈可擊。

我也像在應和對方般舉起長槍，靜靜呼了一口氣。

對方似乎也一眼看穿了我的實力，小心翼翼地用滑步拉近距離。再往前踏出一步，就會進入長槍的攻擊範圍了。

這時對方忽然停下動作，將劍高舉過頭。這是在跟我下戰帖吧？

我不想把戰鬥時間拖得太長，便直接接下他的挑戰。

我往前一踩，同時刺出長槍。槍頭彷彿被對方胸口吸過去般快速突刺，卻被對方往下揮的劍彈開了。

隨後他一口氣縮短距離，將劍打橫猛力揮擊。

我用幾乎要倒向斜後方的姿勢及時閃過，起身的同時用長槍掃過他的雙腿，他卻迅速用劍擋下。

「不錯嘛，明明是個變態。」

「我不是變態！我叫諾斯！你也不差嘛，區區人類還有這種身手。」

巴尼爾老大也是這樣，在這個世界外表和實力根本不成比例，一不小心就會馬上被幹掉。

為了不踏進對方的攻擊範圍，我保持目前的距離持續使出突刺，但每一次都被彈回來。

好厲害。他的確是實力非常高強的敵人，但也有缺點，就是防禦面太弱。

他雖然能擋下我全力刺出的攻擊，卻會放過降低威力重視速度的輕刺，所以他身上的撕裂傷正緩緩地增加。雖然速度不快，但確實讓他受到了傷害。

「唔，如果有鎧甲的話，這點程度的攻擊算什麼。」

從這依稀可聞的嘀咕聽來，這身打扮並非他的癖好，而是某些原因導致他沒穿鎧甲。

這樣的話，我就瞄準他防禦面的弱點吧。

「我在此宣布，下一次攻擊就要堂堂正正地把你打倒。」

「哼，口氣真不小。辦得到的話就試試看啊！」

我作勢壓低身體往前衝刺，在對方的長劍攻擊邊緣停下腳步。

接著從口袋中拿出某個東西，往對方頭上一拋。

「哈，什麼堂堂正正啊，笑死人了！居然耍小聰明，用這種會飛的道具。」

變態將劍往上一揮，把我丟過去的東西切成兩半。

而我對準那個被切成兩半的東西使出連續突刺。

「哈，往我頭上攻擊也不痛不癢……唔咕啊啊！好癢啊啊啊啊！」

流淌而下的白色黏稠物沾到變態身上後，他就往裸露在外的脖子、手臂、腳一陣猛抓。

我瞄準的正是一開始丟出去的薯類。從菲特馮那裡搶來的雖然是薯類沒錯，實際上是山芋，只要碰到皮膚就會奇癢無比。

畢竟是個活力充沛橫衝直撞的山芋，想必致癢成分也很豐富，才會是這個樣子。

滿地打滾的變態看起來滿可憐的，我就用長槍底部往他腦門用力一敲，讓他昏厥過去。

這裡是警局前面，只要把他丟在這裡，他就會被關進大牢吧。

「結果這傢伙到底是誰啊？」

3

雖然比想像中還花時間，但我好不容易回到正門時，發現冒險者跟不死者已經打完了。

儘管有幾個人掛彩，但大多數冒險者都還健在。確認夥伴們也平安無事後，我才如釋重負地嘆了口氣。

「看來你那邊也搞定了，達斯特。不死者已殲滅完畢，那就剩下……」

泰勒拍拍我的肩膀稱讚我，但他那雙眼看的不是我，而是戰場。

他的視線前方是敵人的大本營。

數量雖然不多，但各個都是低階魔物無可比擬的超級強敵。

我用長槍單挑的話應該勉強可行，但對其他人來說難度太高了。

「啊——好想大口喝酒盡情耍廢喔！」

「我懂，我懂你的心情，達斯特。這麼認真做事，感覺快要改邪歸正了。」

「達斯特、奇斯，你們趁這次機會改邪歸正就好啦。只差臨門一腳了，再撐一會兒吧。戰爭結束後，我暫時不會干涉你們自甘墮落的生活。」

若是平常的琳恩，應該會猛踹我們的屁股逼我們去完成任務，難得她說話這麼溫柔。

我跟奇斯互看一眼後，同時互碰拳頭，哈哈大笑了起來。

「這是妳說的喔！戰爭結束後，妳暫時不能干涉我們。」

「好耶，不接受反悔喔。達斯特，之後我們來大鬧一場！」

「好好好，就這麼說定了。真拿你們倆沒辦法。」

「能提起幹勁固然是好事啦。唉……但在這種狀況下算是可靠嗎……」

琳恩和泰勒這兩個認真魔人深深嘆了口氣，不知講了些什麼，但我選擇無視。

「好，那就再努力一會兒吧。你們幾個還能打嗎？」

我向其他冒險者詢問後，所有人都高舉武器。

「廢話！我的身體才剛熱起來而已。」

「還剩一點點而已吧，當然還能打啊。」

「努力工作後的美酒才更好喝～」

雖然已經遍體鱗傷，大家卻還是神采奕奕地故作逞強。

他們應該是在硬撐吧，但正合我意。這種時候不打腫臉充胖子，那要等什麼時候？

有幾位冒險者無法戰鬥，被送回阿克塞爾治療了，不過現在剩下的這幾個都是老面孔。

這些傢伙……全都是夢魔店的常客嘛。其實那間店算是阿克塞爾貢獻最多的店家吧。

士氣大振後，我們昂首闊步，邁向敵軍大本營。

對方似乎也打算正面迎擊，始終待在原地不動，靜候我們到來。

敵軍數量只剩下五十左右。論人數是我方占優勢，但敵方的魔物各個都是強敵。

如果這是任務，這些都是中堅冒險者必須組隊才能挑戰的對手。看到這個陣仗，其他人應該多多少少會心生動搖。

我這麼心想並回頭一看，卻發現冒險者們都露出狂妄的笑容。

「嘿嘿嘿，真讓人躍躍欲試。我都興奮到渾身顫抖了呢。」

「喂喂，都到這個節骨眼了，你還這麼不成材啊。看看我都不為所動，跟我多學學吧。」

「你都要嚇哭了吧。我才從容不迫呢，從剛剛開始就沒再往前進喔。」

……不行，他們已經嚇得半死了。

這也不能怪他們，老實說我也——

「好想回家喔。」

「連你都在說喪氣話，那要怎麼辦啊。」

聽到我這聲嘀咕，琳恩馬上開口吐嘈。

抱怨也不能改變什麼，乾脆豁出去算了。

我把裹足不前的冒險者留在原地先往前走，泰勒、奇斯和琳恩也跟在我身後。

「你們在後面守著就行啦。」

「別說傻話了。我說過了吧，絕不會讓你搶盡風頭。」

「是啊，我身為隊長和十字騎士，怎麼能畏畏縮縮地躲在某人身後？」

「無論如何，我們都是夥伴嘛。不管到哪兒都要在一起。」

真是一群可靠的夥伴。

只要身後有他們在，哪怕對上何等強敵，我都能無畏向前。

我將長槍扛在肩上，邁開大步繼續走著。

「那幾個人類啊，別再往前進了。再繼續靠近，就別怪我發動攻擊。」

我聽從這撼動全身的巨響，停下腳步。

只見敵軍陣仗從中一分為二，前方出現一抹人影。

那是一位與這戰場格格不入的妙齡美人。她揚起嬌豔欲滴的笑容，用令人不禁背脊發寒的冰冷視線看著我。

她上半身穿著深V領白襯衫，下半身則是開衩長裙，胸臀的飽滿程度都無可挑剔。

光看外表完全是我的菜，我甚至想拜託她跟我睡一晚，但從剛剛那句發言來看……她恐怕就是魔王軍的總司令吧。

「這位漂亮姊姊，妳是他們的老大嗎？」

「是呀，人類……哎呀，那個人類男子感覺還不錯嘛。光看就讓我渾身燥熱、性慾高漲呢。如果你肯倒戈，我會救你一命，還會讓你每天都滿足得不得了喔。」

她是不是在跟我開玩笑調侃我啊？我用狐疑的眼神看著她，卻完全沒有那種感覺。這話是認真的嗎？

被性感絕倫的大姊姊頻送秋波誘惑，我的心似乎開始搖擺不定了。

「喂喂，我看起來像是會被美色所惑，臨陣倒戈的男人嗎？」

「「「很像啊。」」」

「外面的鄉民不要吵！」

夥伴們和冒險者居然異口同聲地如此斷言。

「這提議很讚，我卻無福消受。但若妳非要不可，要不要我現在揉妳胸部幾下？咕哈！」

我做出揉胸動作回應她後，後腦杓就傳來一陣衝擊。不用看也知道，一定是琳恩用魔杖打我了。

到底要打我的頭幾次她才滿意啊？

「這人類真有趣。哎呀，失禮了，我還沒報上名號呢。我是負責攻打阿克塞爾的總指揮官，名叫露潔莉，請多指教……還是算了吧。反正你們會死在這裡。」

雖然她的嗓音和舉止都十分冶豔，我卻完全不想對她出手。她那無從掩飾的強者氣場讓性感氣息頓時消散，讓我不禁緊張地嚥了嚥口水。

「呼——不過真讓我驚訝。聽說這裡是冒險者新手村，我方兵力折損卻如此慘重。再這樣下去，我就無顏面對魔王陛下和諸位幹部了。所以，雖然有點不好意思，但能不能請你們跟這個鎮上的居民一起悽慘落魄地死去呢？」

她每說一句話就會故作媚態，還極盡魅惑地用手指畫過自己的身體，舉手投足都充滿性感風情。要是那傢伙也在，應該會兩眼發亮地說「真是值得參考！」。

「真是值得參考！」

沒錯，就是這種感覺。

「唔喔……！妳怎麼會在這裡？」

「咦？剛剛那裡沒人在吧？」

除了我以外，琳恩跟夥伴們也都沒發現她的存在啊。

蘿莉夢魔在我旁邊熱切地觀察露潔莉，不知道她是從哪裡冒出來的。

「散播謠言的工作結束了，我就回來啦。繼續待在那邊感覺會被捲進戰爭嘛。那個人真的好性感喔！總有一天，我也想變成那種充滿魅力又妖豔的女性！」

「應該很難吧。」

「唔！」

我說出事實後，她就鼓起臉頰瞪著我。

「哎呀，真是個可愛的小女孩。雖說以援軍而言感覺不太可靠，但妳是從哪裡現身的？」

「啊，我從地上出來的。」

「「「從地上？」」」

我往蘿莉夢魔所指的地面看去，但那裡只有土而已。

我目不轉睛地看，但那片地面並無特別之處。

「喂，不就是地面——」

我正想開口抱怨，眼前的土壤卻忽然隆起變成某種型態。

「呵哈哈哈！吾駕到！哦，這種驚訝的負面感情吾也滿喜歡的。」

隨著熟悉的笑聲一同出現的土塊，變化成熟悉的形體——戴著面具的惡魔。

「老大！這是什麼登場方式啊？啊，這不重要啦，你可以被魔王軍的人看到臉嗎？」

「啊啊，這個嘛……」

「那個面具是、咿、咿咿咿咿！巴、巴尼爾大人！」

露潔莉一看到巴尼爾老大就發出慘叫聲……慘叫聲？

我瞄了她一眼，發現她臉色蒼白，露出打從心底懼怕的表情。

「老大，你對她做過什麼事？」

「誰知道呢，吾根本不記得嘍囉長什麼樣子。可能之前在哪裡見過吧。」

儘管戴著面具讓他表情難辨，但他好像真的不記得。

露潔莉依舊指著老大，像池塘的鯉魚一樣嘴巴一開一闔。

再繼續下去只會沒完沒了，還是我來提問吧。

「老大好像對妳沒印象耶，你們是什麼關係？」

「沒印象嗎？之前還做了那麼過分的事……在魔王城的時候，每天、每天都把我們玩弄於股掌之間耶！」

露潔莉激動到變成瘋婆子。

其他魔物也抱著頭不停扭動身子，彷彿隨她一起激動起來。

感覺不像是在說謊或開玩笑。巴尼爾老大真的幹了什麼好事吧。

「哪有到玩弄的程度啊，太誇張了吧。畢竟留在魔王城就得吃東西，吾會假扮成深受城裡人歡迎的維茲或女幹部，把他們騙進房裡再露出真面目。或是把高卡路里的藥錠偽裝成減肥藥送給他們，一個月後再揭發事實。吾只記得這些而已。」

「就、就是這些事啊！」

「老大，就是這個啦！」

我跟露潔莉同時開口吐嘈。

老大雖然歪頭裝傻，但一看就是故意的。

「巴尼爾先生，我覺得這太過分了。同為女性，這種惡作劇實在讓人笑不出來。呃，咦？你剛才是說假扮成我嗎？」

「我花了多少努力才瘦下來的啊……啊！為什麼連維茲大人都在啊啊啊！」

看到維茲從巴尼爾老大身後探出頭來，露潔莉的慘叫聲再次響徹四方。

從剛才就一直哀哀叫，這女人很忙耶。

「好久不見。我記得妳是幹部候補露潔莉小姐吧。最近還好嗎？」

維茲好像還記得她，和藹可親地跟她打招呼。

「那個、那個、那個，兩位怎麼會在這種地方呢？」

「因為吾跟這個無能老闆在這鎮上開店啊。」

「在這鎮上？開店？咦？」

不知她是沒聽懂這句話的意思，還是不想聽懂。露潔莉慌張地看向四周，還到處轉來轉去，行跡有夠可疑。

先把精神錯亂的露潔莉放在一邊好了。

「老大，回歸正題吧。你的身分完全曝光了耶，沒關係嗎？」

「關於這件事，吾導出的結論是：其實仔細想想也沒必要在意。」

「因為巴尼爾先生覺得無所謂，我也放心許多，不過還沒詢問詳細的方法。你打算怎麼做？」

維茲單純只是相信自信滿滿的老大，才會跟著他過來。

……這時候我心中就充斥了不祥的預感，維茲為什麼會深信不疑呢？她跟老大相處的時間應該很長，我根本沒得比。

「這還要問？只要把這些傢伙全數殲滅，讓魔王軍的目擊者從世界上消失就行了。」

「啊，原來如此……咦咦咦？你要打倒他們嗎！」

「這樣就不用擔心東窗事發了，真不愧是老大！」

聽到老大的提議，我馬上就被吸引且深有同感，夥伴們卻露出五味雜陳的表情。他們是覺得驚訝還是傻眼？有點說不準。

「……巴尼爾先生和維茲小姐以前也是魔王軍的人吧？巴尼爾先生的作風雖然很好理解，可沒想到連維茲小姐也這樣。」

「如果剛剛那些話屬實，就表示他們要背叛魔王軍向我們倒戈？」

「我完全搞不清楚狀況。」

忽然暴增的情報量似乎讓夥伴們陷入混亂。

我也有點好奇其他冒險者的反應，便看了他們一眼……結果他們根本沒在聽。正確來說，是根本沒空理我們。

「雖然不知道是怎樣，但現在魔物都在痛苦掙扎，這可是天大的好機會啊！趁現在把他們海扁一頓吧！」

「用魔法和箭狂扁他們！」

「喂喂！打仗時不准給我失魂落魄的，王八蛋啊啊啊！」

這些滿口粗話的冒險者全都進入了戰鬥模式，都快搞不清楚誰才是魔王軍了。每個人都在拚命戰鬥，毫無心思理會我們。

魔物們似乎也察覺氣氛有異，在跟我們有些距離的地方準備迎擊……不，不對，他們是想趁亂逃離巴尼爾老大身邊。

證據就是，那些魔物雖然也在戰鬥，卻會時不時偷瞄巴尼爾老大，根本沒把心思集中在戰鬥上。

算了，拜此所賜，那些傢伙也能跟魔物打得平分秋色。還得謝謝巴尼爾老大才行。

「巴尼爾大人、維茲大人，兩位真的要站在人類那邊嗎？」

「說到底，吾也是因為魔王再三請求才會加入魔王軍，單純只是打發時間而已。而且吾是前幹部，如今已是自由之身。那個廢物老闆也只是負責維持結界的掛名幹部罷了。」

「沒錯，事實就是如此。我的立場就是保持中立，不做任何干涉。」

「那、那兩位跟魔王軍為敵，不就違反規定了嗎？」

露潔莉這話確實有理。他們現在處處干涉，立場跟中立二字差得遠了。

「是呀。我正在協助阿克塞爾，或許不能稱之為中立了。」

「那目前狀況算是違約嘍？」

原本臉上寫滿絕望的露潔莉似乎以為情況發展對自己有利，表情頓時充滿希望。

「可是，我維持結界跟保持中立的條件僅限於冒險者或騎士這些戰鬥職業以外的人沒有被殺害。」

「我們還沒對冒險者以外的人下手！所以——」

露潔莉說到一半就安靜了下來。維茲身上釋放的寒氣狂湧而至，令她說不出話來。

結果這個現象讓我們也受到波及。

「好稜、有夠稜呃呃呃呃呃！好，沒辦法了，我們抱在一起取暖吧。」

「我才不要。你稍微擋一下好不好！」

「我雖然不排斥冰山美人，但真的冷冰冰的這種還是免了。」

「……我說你們，可以不要躲在我後面嗎？」

我們把身形最魁梧的泰勒當盾牌，躲在他身後。

他雖然開口埋怨，但泰勒平常沒什麼出場機會，我是給他機會好好表現耶，真希望他跟我道聲謝。

「跟這個鎮上的居民一起悽慘落魄地死去——妳剛才是這麼說的吧？這座城鎮對我來說非常重要，絕對不會讓妳傷害我的店舖和寶貴客人！」

以維茲為中心瘋狂席捲的寒氣漩渦越來越大，我們為了逃命連忙拉開距離。繼續待在這裡一定會變成冰棍。

「她好久沒表現出冰之魔女的樣子了呢。」

巴尼爾老大在我們身旁雙手環胸感佩地說道，不曉得他是何時逃過來的。他的身體表面都結霜了耶。

「維茲居然有這麼恐怖的一面。」

「她以前經常發脾氣喔，只要被吾調侃幾句就會大發雷霆。她每次都故意來吾這裡發洩優質的負面感情，簡直就像外送的高級便當。」

老大，我覺得這個比喻還是太過分了。

過去的事就算了，如今維茲願意認真參戰，實在令人感激。這下子我方戰力就能大幅提升，從爆裂魔法的威力和現在的狀況就能看得出來。

巴尼爾老大似乎也被露娜收買願意幫忙，這樣一定能贏。

「哼，贏定了嘛。」

「小混混冒險者啊，這種不謹慎的發言似乎被稱為『插旗』。那個小鬼說過，這種被詛咒的話語會招來和內容完全相反的現象。」

「啊～我也聽和真說過這件事。可是照目前狀況來看，已經勝券在握了啊。」

曝露在風勢強勁的暴風雪中，露潔莉身體表面已結霜，只能渾身打顫。維茲則是緩緩跟她拉近距離。

不管怎麼想都是大獲全勝啊。

「如果這個現象能維持久一點，維茲就不會輸，不過千萬不能小看她。會理所當然犯下超離譜失誤……正是廢物老闆之所以廢的原因。

「老大，你想太多了啦……喂，維茲怎麼忽然倒下來了？」

暴風雪戛然而止，維茲也正面朝下趴臥在地。

咦？根本毫無預兆啊，這到底怎麼回事？

我的思緒完全跟不上這意想不到的景象，讓我整個人都傻了，但被維茲威逼的露潔莉似乎才是最無法理解的人。她瞪大雙眼看著動彈不得的維茲。

「她果然沒有事先設想啊。明明有冰之魔女這個名號，怎麼能讓自己氣到上火呢？受不了，有夠費事。」

巴尼爾老大深深嘆了一口氣，好像只有他知道理解狀況。

「維茲忽然昏倒了耶，怎麼會這樣？」

「原因就是爆裂魔法啦。用完魔法已經耗費她不少魔力了，在先前的攻防戰中又把剩下的魔力消耗大半。用那種方式釋放魔力，當然會導致這種後果。」

啊——原來如此！那個爆裂女孩也是在轟完魔法後就馬上動彈不得了。維茲的魔力量雖然比惠惠多，但先前的戰鬥應該讓她的魔力幾乎見底了。

「雖、雖然搞不太懂，但少掉一個威脅了！」

撿回一條命的露潔莉如釋重負，重新變回傲慢的態度。

「維茲確實自滅了，但我們這裡還有巴尼爾老大在呢，妳應該沒忘吧？妳這嘍囉一點勝算也沒有！上吧，老大，給她好看！」

把想說的話說完後，我就把現場讓給巴尼爾老大。

「明明在拜託別人，卻是這種態度，真不敢領教～」

「我也沒渣到這種地步喔。」

「真不想把他當成夥伴。」

夥伴們卻在我背後大說壞話。

我回頭一看，他們卻立刻別開視線拉開距離……不准裝作不認識我！

「要吾來收拾是無所謂，但那種吾可下不了手。」

「老大～你只是想偷懶吧。別嫌麻煩了，拜託你幫幫忙啦～下不了手是什麼意……原來如此。」

我往老大用下顎示意的方向一看，只見露潔莉將身子縮成一團不停顫抖，一對巨大翅膀正從她背上緩緩長出。

膨脹的軀體從內側將衣物扯裂，她全身上下都覆滿鮮紅鱗片，頭上還伸出兩隻犄角。

照理來說，這一幕應該相當驚人，但對我而言，這只是見怪不怪的變身畫面。

膨脹好幾倍的身體上長出了巨大翅膀。出現在我眼前的正是眾人皆知、最強魔物的佼佼者

——龍族。

看那身鮮紅鱗片，應該是紅龍吧。

牠張開翅膀騰空而起，動作靈巧地滯留在半空中。

「我飛到空中，巴尼爾大人也攻擊不了我吧。雖然在人類面前變成這個樣貌十分屈辱，但就當作上路前的贈禮吧。歷經長年歲月，龍族便會習得幻化人形的技術。哎呀，嚇到說不出話來了嗎？這也不能怪你們……嗯？你們幾個怎麼沒什麼反應？可以再絕望一點，嚇得哀哀叫喔？」

「就算妳這麼說……」

面對這聲並非用耳朵聽見，而是直接在腦海中迴盪的嗓音，我不耐地回答。

看著這隻和外表截然不同，口語流暢通順的龍族，我心裡只有「以後菲特馮也能像這樣口齒清晰吧」這種想法而已。

夥伴們也看過好幾次菲特馮從人變成龍的過程，自然也習以為常。

「罷、罷了，反正你們臉上的從容遲早會變成恐懼。快用魔法或弓箭攻擊我試試看，任何攻擊都敵不過我這身鱗片。」

奇斯和琳恩試著放出箭矢和魔法。雖然威力因距離而減弱，但露潔莉那身堅硬的鱗片全都擋了下來，完全沒有傷害到牠。

「呵呵，這下你們無計可施了吧。遠距攻擊不管用，也無法來到咫尺之處。來，求我饒命吧……喂，那個幼女怎麼忽然脫起衣服了？」

露潔莉自我感覺良好地說了這一長串，菲特馮卻沒理牠，逕自脫起衣服。

琳恩他們連忙在菲特馮身旁立起人牆，免得被旁人看見。

「當然是因為衣服破了會很傷腦筋啊，畢竟她好像很喜歡那件衣服。還會把衣服摺好啊，菲特馮，妳好棒喔。」

「嗯，我請琳恩嬌我的。」

「這孩子學得很快呢。」

在這種狀況下還能把脫下來的衣服摺疊整齊，她真的長大了。我摸摸她的頭作為獎勵，她也開心地瞇起眼睛。

「你們怎麼一團和氣的樣子啊！真的知道現在是什麼情況嗎？已經絕望至極了喔？」

紅龍在空中歪著頭問。

雖然我們現在漏洞百出，牠卻老實待著沒有發動攻擊，真有規矩。

「因為沒絕望到那種地步啊。船到橋頭自然直啦。讓妳等這麼久，我才不好意思呢。」

我轉身將長槍底部往地面一刺，不懷好意地笑了。

身後傳來強風陣陣，周遭掀起塵埃。

狂風止息後，變回龍族的菲特馮現身了。

牠大張白色的翅膀，仰天長嘯。

「吼啊啊啊啊啊啊！」

「這種地方怎麼會出現白龍啊！」

這傢伙今天要被嚇幾次才滿意啊？

我這麼心想並騎上菲特馮的背，結果琳恩也騎上來坐在我身後。

「遠距離攻擊也需要人手吧。」

「琳恩在的話我就放心了。」

不只是魔法援護令人心安，就連精神層面也是。

「那我也要去！」

「這時候應該要察言觀色吧，奇斯。」

奇斯也想從後面跳上來，卻被泰勒一把揪住脖子。

把奇斯扯下來後，泰勒用單手把他固定住，另一隻手將自己平時愛用的盾牌交給我。

「我能做的只有這些了。我會滿懷期待等你們回來。」

「啊啊，可惡！都把大好機會讓給你了，一定要打敗他們平安回來！」

「交給我吧。剩下的敵人就拜託你們了，奇斯、泰勒。」

我拿出長槍，泰勒拿出劍，奇斯拿出弓，我們將各自的武器前端交疊在一起。

菲特馮用力振翅，騰空而起。

紅龍為了逃跑，飛到比剛才更高的地方，於是我們也追在後頭。畢竟我們盡可能不想被其他冒險者看見，所以這樣正好。

飛到離戰場非常遙遠的上空後，紅龍終於停下動作重新看向我們。

「居然能跟上我的速度。真沒想到能在這種地方遇見稀有種白龍，但我更驚訝的是，竟然有人類能輕鬆駕馭。難道你是稀有職業龍騎士嗎？」

「如妳所見。但那是以前的事了。」

事到如今也沒必要隱瞞，我就全招了。

「哦？龍騎士啊。的確聽說過這裡的鄰國有個騎士，以最年少之姿當上了龍騎士。」

「是啊，正是在下。」

「果然沒錯！聽說你是能讓所有龍族為之風靡的龍族殺手，原來如此，難怪我一看到你就覺得胸口燥熱。吶，別騎那隻白龍了，要不要改騎我啊？」

牠雖然用嬌滴滴的嗓音誘惑我，但在龍型狀態對我進行色誘，我也不知作何反應。

另外，菲特馮還把頭轉向我露出抗議的眼神，讓我超在意的。

「抱歉，我的搭檔只能是牠，不會對其他龍族三心二意……噗哈，不要舔我的臉！唔喔，我會失去平衡啦，快住手！」

菲特馮似乎對我的答案很滿意，用牠的大舌頭猛舔我的臉，讓我完全看不到前面。

「哎呀，被甩了呢。無妨，龍族的世界就是弱肉強食，服從強者是我們的規矩。我會傾盡全力打敗你跟那孩子的。」

「雖然我不討厭強硬的女人，但我的搭檔跟戀人寶座都已經有人嘍。」

這不用我說也能懂吧。她們就在這裡——

「哦～我第一次聽說耶。你居然有戀人啊？」

「咕啊唔唔？」

為什麼同時用懷疑的眼神看著我啊！我說的當然是妳們兩個啊！

要我在這裡解釋清楚太羞恥了，為了掩飾害羞，我粗魯地摸了摸她們的頭。

菲特馮開心得不得了，琳恩卻氣呼呼地瞪著我看。

「幹嘛啦，頭髮都亂掉了！」

「妳這遲鈍的女人！」

「什麼意思！」

照理來說應該聽得懂吧。我之前也跟她告白過了，所以，呃……嗯？琳恩的脖子都紅了。

難道她也在掩飾害羞嗎？

「那個～能不能認真點，別在我面前打情罵俏呢？現在還在戰鬥耶。」

「抱歉。」

「對不起。」

「咕喔——」

我們在反省過後同時道歉。

這隻龍似乎是會看人臉色，也能溝通的那種類型。既然如此，或許有交涉的餘地？

「我說妳啊，真的不打算撤退嗎？就算妳現在贏過我，之後也得想辦法解決巴尼爾老大喔。妳有意識到這一點嗎？」

「哎——就是說啊。我其實很想夾著尾巴逃跑，但又不能這樣，這就是管理階層的辛酸啊。魔王軍已經卯足全力要同時攻下王都和阿克塞爾了，要是我拿不出戰績就會引發很多問題。」

龍族托著腮幫子嘆了口氣，真是超現實的景象。

「離開魔王軍不就好了？既然妳是龍族，我可以幫妳介紹別的工作喔。」

畢竟我比誰都清楚哪些國家在徵求龍騎士的坐騎。

露潔莉還能溝通，應該很容易駕馭才是。

「居無定所的龍族實在太沒面子了，而且待在魔王軍生活也挺好過的。而且我殺了那麼多人……最後卻降伏於人類的話，未免也太難堪了。」

「這樣啊，那就沒辦法了。我就竭盡全力跟妳過過招吧！」

露潔莉心中或許有無可退讓的矜持。

那就多說無益了。

「哎呀，真令人開心，你真的……是個好男人呢。來，不管是贏是輸都別互相埋怨喔。我們就盡情打一場吧！」

我們各自拉開一大段距離，正面對峙。

紅龍的身形比菲特馮足足大了兩倍。雖然菲特馮的速度略勝一籌，但若單純比拚蠻力，菲特馮根本沒有勝算。

紅龍是火屬性，所以有火焰抗性，被火焰吐息攻擊也只會受到輕傷。

反之，我們就得提防對方的火焰攻擊。菲特馮有火焰抗性，跟牠締結契約的我也能沾點好處。

但後座的琳恩就不同了。要是挨上一記火焰吐息，她可會屍骨無存。

「絕對不能受到吐息攻擊，無論如何都要避開。」

我輕拍菲特馮的脖子，將臉湊到牠耳邊下達指示。

牠原本有些不解，但看到後座的琳恩後，馬上就用力點頭。這孩子很聰明，應該很快就聽懂了吧。

這時露潔莉大大張開嘴，時機精準到彷彿猜中我的擔憂似的。

從牠口中湧現而出的正是火焰。

「菲特馮——！」

我硬是將菲特馮往前衝的身子轉向，千鈞一髮躲過火焰吐息。

雖然跟對方擦身而過，但我立刻調轉方向，守在對方身後的位置。

「背後毫無防備！」

我本來想往牠破綻百出的背部刺出一記長槍，牠卻對我奮力甩尾，於是我立刻切換至防禦模式。

一般來說，人類被龍族攻擊後，絕對不可能毫髮無傷。我將泰勒送給我的盾牌微微傾斜，彷彿要滑過尾巴表面般擋下這一擊。

儘管如此，衝擊還是竄遍了全身上下。跟菲特馮締結契約後，我也得到龍族的部分神力，所以還撐得住。

「嗚哇！沒、沒事吧？」

「還行還行。」

雖然用輕鬆的口氣回答琳恩，我內心卻是焦急萬分。

只有活過漫長歲月的龍族可以幻化為人型。所以我一開始就做好心理準備，知道露潔莉不好對付……結果牠比想像中還強。

菲特憑只有速度能贏，不過論其他層面，露潔莉的能力都在牠之上。

雖然我使出好幾次攻擊，卻只落得兩種下場。不是被尾巴甩掉，就是被紅鱗彈開。

即使琳恩也會趁機施放魔法，但就算成功命中，也不見露潔莉有所損傷。牠的魔法防禦力似乎很高，若不具備紅魔族那種等級的魔力，魔法攻擊就毫無意義可言。

實力差距如此懸殊，難道這傢伙……

「妳該不會……是超級老太婆吧？」

「啥啊啊啊啊！你幹嘛突然說這種話！看到這身充滿光澤的鱗片就知道了吧，我還是細皮嫩肉呢！」

紅龍在空中不停揮舞手腳，強烈地抗議。

年輕人才不會用細皮嫩肉這種說法。

「因為龍族不是活越久能力越強嗎？畢竟妳這麼強，我才會以為妳年事已高嘛。」

「不准說這種無禮的話！是沒錯啦，我可能算得上是熟龍了，但我之所以強到這種程度，主要還是得歸功於魔王陛下。你沒聽說過嗎？只要魔王陛下還健在，魔物的能力就日益增強。相對地，如果魔王陛下被打倒，我們的能力似乎就會往下掉一階。」

「呃，真的假的。這樣不算作弊嗎？」

「龍族本來就很強了，又加上長壽這個要素……難怪會這麼厲害。」

我完全同意琳恩的說法。

我們能躲開對方的攻擊，攻擊也能到位，卻還是無法貫穿牠的鱗片。雖然不知道牠靠魔王之力強化到什麼地步，但只要這股力量消失，我們就有勝算。

……強求這種奢望也沒用就是了。

「呵呵，剛剛那個威風凜凜的態度上哪兒去了？來啊，拿長槍刺我啊。」

因為我們的攻擊全數無效，牠就開始囂張了起來。

只見牠滯留在半空中，還動動食指對我挑釁。

居然敢在這種束手無策的狀況下激怒我！

「這、這個王八蛋！」

「好了～這一看就是在挑釁你，別上當了。冷靜、冷靜下來。別擔心，你一定做得到。」

聽到在耳邊溫柔低語的嗓音，狂湧而上的怒火頓時消退不少。

這麼說來，以前好像……也有過這種經驗。

那是我剛加入琳恩他們那一隊的時候吧。

＊　＊　＊

當時我還沒改掉騎士時代的習慣，因為用不慣長劍而誤判攻擊範圍，讓夥伴遭到對方攻擊而陷入危機。

「可惡，這是我的失誤！你們快逃吧！我負責殿後，幫你們爭取逃跑的時間！」

就在我為了彌補失敗，準備跟魔物單挑時，卻因為背部傳來的衝擊而往前撲倒在地。

「痛死了！妳幹嘛啊！」

回頭一看，發現站在身後的人是雙手扠腰、滿臉憤怒的……琳恩。

「新人，別給我耍帥。你以前都是靠自己單打獨鬥吧？」

「這、這個嘛……」

她不停把臉湊到我面前，我都能感受到她溫暖的呼吸。

「我告訴你，我們是一個團隊。一個人打不贏就跟夥伴求救，失敗了也要跟夥伴求救。相對地，如果夥伴遇到危險……你應該知道要怎麼做吧？」

說到這裡，她用力地將雙手往下揮到我肩膀上，對我露出滿臉笑容。

「一起撐過去吧。別擔心，你一定做得到！」

＊　＊　＊

「這種時候你發什麼呆啊，振作一點。」

琳恩這聲怒罵，把我飛回過去的意識拉回現實。

「妳又救了我一次。」

「又？」

琳恩不記得了嗎？

「自言自語罷了。好，再來換我們攻擊了。琳恩，等一下也要麻煩妳嘍。」

「終於可以大顯身手了。讓你見識一下，我可不是只會被保護的女人。對吧，菲特馮？」

「吼啊嗚嗚嗚！」

兩位女性變得意氣相投，真是可靠到不行！

為了反擊，菲特馮奮力噴出火焰，但露潔莉卻完全不當一回事，彷彿要撥開火焰般直接貫穿而來。

「我早就料到了。『Freeze gust』！」

露潔莉穿過火焰後，前方出現一陣冰冷的白霧。

用。

她一頭栽了進去。就算因為紅龍是火屬性而擁有魔法抗性，這股寒氣應該還是能發揮點作用。

「咕呀啊啊啊啊啊啊啊！真有你的！跑、跑到哪兒去了！」

寒氣的衝擊讓露潔莉停下動作，激烈地搖頭晃腦、大吼大叫。我們就趁機移動到比她更高的位置。

……剛剛的反應是怎麼回事？冰或許是她的弱點，但她的反應也太誇張了。對方可能是故意演戲，想趁我們上鉤時再反將一軍。我雖然心生警戒，但她看起來似乎真的很難受。

「奇、奇怪？魔法見效了。」

施放者本人也大吃一驚。

可以看到紅龍在下方驚慌失措地到處張望，每個動作都比剛才遲鈍不少。是寒氣讓牠的體溫下降了嗎？

我覺得不是。那先做個假設好了：是因為牠的狀態比剛才還要差，我們的魔法才會見效。狀態變差就表示……難不成……搞不好是喔！

「你成功了嗎……和真！」

「在這種狀況下，你還發什麼神經啊？笑得太恐怖了吧。」

我笑出來了嗎？如果我真的猜中了，那可是摯友替我製造的大好機會。

「琳恩，緊緊抓住我！」

菲特馮頭部朝下急速俯衝，彷彿要直直墜落般。

「呀……」

縱使身後傳來一陣短暫的哀鳴，但她還是勉強閉上嘴巴。

琳恩抱著我腹部的手臂加重了力道，由此可見，她正在拚命忍耐墜落的恐懼和速度。

雖然我的臉被急速吹來的風壓得變形，還是堅持睜著眼睛，注視著紅龍背上的某一點。

龍族身上唯一一枚倒著生長的鱗片——逆鱗，正是龍族的弱點。我使出渾身的力氣，往那片逆鱗狠狠一敲。

長槍槍頭精準無比地深深貫穿紅龍的逆鱗。

露潔莉馬上失去力氣往地面下墜。

冒險者和魔物都看到了露潔莉猛撞地面的衝擊揚起的塵煙。明白自己的指揮官敗北後，魔物們紛紛開始撤退。

確認危機解除後，我們選在戰場看不見的地方著陸。而我揹著變回人型的菲特馮，回到夥伴和冒險者等候的正門前。

4

「喂──你們沒事吧──」

我奮力揮手跑向那群冒險者。

雖說大家都精疲力盡地坐倒在地，但或許是完成守衛任務的成就感使然，每個人的表情都很開朗……不對，是看到我之前都很開朗。

所有人都變得愁眉苦臉，還張大嘴巴。

「你又在最後關頭逃走了！還好意思過來，真是不知羞恥！雖然敵人忽然變弱才能勉強打贏，但我們可是歷經一場苦戰耶！」

這裡的敵人果然也變弱了。和真，你真的成功了。

「情況安全之後才肯出現……達斯特，你這垃圾、人渣、邪魔歪道！」

「你還敢發抖！明明一直躲在安全的地方，還會害怕啊！」

看到這群冒險者平安無事，我真的很開心，但幾乎在場所有冒險者都對我破口大罵。

不知道別人的辛苦，還敢大放厥詞！

「我是對你們太火大了才會氣得發抖啊啊啊啊！誰在怕啦，啊啊！根本不知道我暗地裡做了多少貢獻！這樣吧，泰勒、奇斯，把我的英勇事蹟告訴他們！」

我把話題丟給兩位夥伴，他們卻互看一眼，深深嘆了一口氣。

「就是，嗯，你還算努力啦。」

「是啊。滿努力的吧？」

「說得有夠爛！好好替我圓場啦，這種時候就該稱讚我啊！」

我對說得不清不楚的夥伴發出怒吼後，他們就湊上前來低語道：

「……達斯特，如果要繼續隱瞞你跟菲特馮的真實身分，我不知道該怎麼說啊。」

「對啊。要在隱瞞真相的狀況下稱讚你，太強人所難了。」

被他們這麼一說，我也無言以對。

要宣揚我的英勇事蹟，就得說出我的真實身分。

我固然不想讓外人知道龍騎士那段過往，但我更在乎菲特馮的處境。白龍是價值連城的稀有種，要是身分曝光，一定會被壞傢伙盯上。

考量到菲特馮的難處，只好嚥下這口氣了。

「別低著頭啊。喂，給我解釋清楚！」

沒錯，哪怕是毫無道理的謾罵，我也要忍下來。

「別因為想不出合理的藉口就默不吭聲！用你平常那張聒噪的嘴說幾句來聽聽啊！你這膽小鬼！」

忍耐……

「所以你才不受女人歡迎啦。一身處男味當然惹人嫌。」

…………

「這跟處男沒關係吧！一群可惡的臭婊子啊啊啊啊！妳們在這場戰爭中有所表現，所以想跟和真告白，趁機飛上枝頭當鳳凰吧！我都知道！很遺憾，那是我放出去的假消息！白痴、白痴，妳們這些水性楊花的女人活該被騙！乾脆趁這個機會跟那些醜陋的臭男人講清楚好了。那些春夢都是我一手策劃的！被我想出來的計畫搞得慾火焚身的感覺怎麼樣，啊啊？呀哈哈哈哈哈！」

啊～太爽了。把想說的話全部說出來後，感覺痛快多了。

聽到我的反擊，大家似乎都無言以對，一片靜默。

「哼，還想贏過本大爺這張嘴……喂，我們跟魔王軍已經打完了，把武器收起來吧。慶功宴上不適合動用暴力喔。」

這群人拿著武器朝我步步進逼。

「等等，是我錯了，我會反省！所以能不能好好談？我反對暴力，大家和樂融融地喝杯小酒吧！」

在我的極力安撫下，大家的怒火似乎稍微平息了些，全都停下腳步放下武器，嘆了一口長到不能再長的氣。

「你跟和真都一樣，只有惹惱別人這個才能天賦異稟……」

「喂喂，別把我跟麻吉混為一談。和真是毫無自覺，我是有意為之喔。」

我把自己跟和真的差異解釋清楚，但四周同時也傳來金屬摩擦的鏗鏘聲。

冒險者將一度收入鞘中的劍又拔了出來。

然後他們瞪著我，用力倒吸一口氣後說道：

「「「你這樣更惡劣！」」」

尾聲

阿克塞爾攻防戰結束後，又過了幾個小時。

明明剛經歷一場激烈大戰，街上卻跟平常一樣鬧哄哄的。身受重傷的人接受祭司的治療後，也抱著病體來參加宴會。

要說很有這座城鎮的風格，也就僅止於此而已。

至於令人有些在意的部分，頂多就是冒險者之間開始流傳某個奇怪的謠言。

「我當時看到兩隻龍在天上戰鬥！紅龍和白龍正在上演一進一退的攻防戰！我沒有說謊！」

「我也看到了，還有人騎在白龍身上呢！一定是傳說中的天才龍騎士大人來拯救我們了！」

到現在還能聽到幾個人在公會裡跟夥伴們說得慷慨激昂。被迫聆聽的人只是隨便搭理幾句，根本沒打算相信這件事。

他們應該會在幾天內就忘得一乾二淨吧。

我們聽著這些傳言，一如往常地在公會酒吧裡喝酒。

「和真他們現在在做什麼呢？應該順利抵達魔王城了吧。」

泰勒下意識嘀咕了一聲。感覺這句話沒有目標對象，只是在自言自語。

「和真只說要把阿克婭帶回來而已。照平常流程走的話，應該已經被捲進大麻煩，開始一步步討伐魔王了吧。」

奇斯吃著下酒菜在一旁幫腔。

「的確很有可能。搞不好還會滿口怨言地對魔王使出卑劣的伎倆呢。若真是這樣，達斯特，你覺得他有勝算嗎？」

琳恩把話題扔給我，令我沉思了一會兒。

和真跟魔王對決嗎？這個嘛……

「照理來說應該毫無勝算，但總有辦法解決吧。我們都把技能傳授給他了，而且我這麻吉只有運氣好得出奇。」

即使嘴上這麼說，我還是堅信和真能成功打敗魔王。

假如我預測錯誤，和真出了什麼意外需要幫忙的話，我還能跟菲特凴一起去救他。

我那位可靠的搭檔在做什麼呢？我好奇地看向菲特凴，發現她正以幼女姿態大口吃飯。

她今天應該消耗了不少體力，就讓她吃個夠吧。

「和真平安回來之後，得將那把英雄用過的寶貴魔劍討回來才行。」

「哦哦，沒錯沒錯！如果摯友變成英雄，我借給他的那把劍就會價值翻倍。再把劍賣掉的話，我這輩子就可以爽爽過了！」

「你根本不可能拿去賣啊……」

「琳恩，妳說什麼？」

「沒事～」

她剛剛還挺高興的，幹嘛忽然鬧脾氣啊。我真的永遠搞不懂女人這種生物。

「如果和真打敗魔王，就會升格成偉大的英雄耶——簡直無法想像。」

「對啊。這樣一來，他就變成遙不可及的存在了。」

奇斯和泰勒望向虛空，面有難色。

「哈，不要想太多啦。假如和真真的打敗魔王，一定會得意忘形跑來瘋狂炫耀，最後我們就會氣得跟他上演全武行。這是固定不變的流程。」

和真不會有任何改變，但他一定會瘋狂加油添醋，炫耀到讓人厭煩的程度。

我試著想像那一幕，沒想到竟不如想像中那麼火大，但還是很煩人。

他那邊或許正在進行決定世界命運的關鍵大對決，我們卻在這裡悠悠哉哉的。

冒險者們大白天就在公會裡的酒吧喝酒，大聲喧嘩。

「這次我們的表現也很出色！畢竟遇上無頭騎士和毀滅者的時候，我們都只讓和真去解決問題嘛！」

「是啊。這次終於可以抬頭挺胸地說，我們守住了這場戰役！」

坐在附近的冒險者小隊也開始拚命自誇。

阿克塞爾這場攻防戰是集結眾人之力的結果。雖然我覺得自己才是表現最優秀的人，但這種不解風情的話還是不說為妙。

大家都是主角的感覺也挺好的。

「可是啊～只有某人跑去打混摸魚耶～」

「我知道啊，那小子好像還自詡為這座城鎮的代表呢。噗哈哈哈哈哈！」

「喂喂，別再說了，膽小鬼會哭喔～呀哈哈哈哈哈！」

我馬上就知道這些話是誰說的了。畢竟他們頂著讓人火大的表情，看著我笑個不停！

「王八蛋，煩不煩啊！居然說個沒完！我就讓你們親身體會看看我當時有多努力！」

「還真敢說啊！春夢的事我還記恨在心！」

「竟然被你的陰謀詭計搞得春心蕩漾，是可忍孰不可忍！」

這些傢伙反倒心有不甘地朝我揮拳，我也拿起椅子準備迎擊。

「好了，都給我住手！現在是慶功宴，別再做這些蠢事了。大鬧一場後失去意識，醒來發現已經隔天了——你們也不想這樣吧？」

「是啊，大家都在興頭上，別潑冷水啦。」

分別被琳恩和泰勒怒罵及說教後，他們才心不甘情不願地回到座位上。

「活該被罵啦！」

「少囉嗦，奇斯！你也沒什麼貢獻好不好！啊，好痛！不要敲我的頭！變笨了妳要負責嗎！」

「哼。你要怎麼比現在更蠢啊。」

我對揮杖打人的琳恩大發牢騷，卻被她回以冷笑。

還是那副讓人恨得牙癢癢的表情。

本來以為這陣子我們的距離縮短了些，結果又回到跟平常沒兩樣的普通關係。但喜歡的心情依舊沒變，大概是因為我打從心底愛上她了吧。

我看著還在嘮叨的琳恩，慢慢地喝了口酒。

跟中途加入的人們一起大肆狂歡後，慶功宴終於落幕，我和琳恩便來到正門旁的廣場。我們坐在長椅上，看著夜空發呆。

……怎麼會變成這樣？

我說要去外面醒酒，琳恩就紅著臉說「我也要去」便跟了過來。

於是我們在深夜裡隨意散步，聊一些不著邊際的話題……就變成現在這樣了。

她到底想幹嘛啊！

雖然我故作冷靜跟她閒聊，但實在看不出琳恩的意圖。

用一般世人的說法，現在就是「燈光美氣氛佳」吧。但不是我在自誇，我根本不知道遇到這種場面時要怎麼辦啊！

如果只是性騷擾，倒可以說來就來，但我很怕這種甜蜜的氣氛。

我偷偷瞄了琳恩一眼，發現她用無辜的眼神滿臉通紅地抬眼看著我。

啊，我知道了，這一定是索吻的表情！沒錯，就是這樣！如果現在不吻她，我還算什麼男人。

我用顫抖的手搭上琳恩的肩。

她的表情雖然有點驚訝，卻沒有抵抗。不僅如此，還閉上眼睛。

「我要把先前沒做完的事做完嘍……」

感覺能成功！

正當我緩緩將臉湊近，雙唇即將接觸的瞬間——

「不行——！」

忽然有個白色物體大叫一聲，從附近的樹叢裡跳出來。

狠狠撞上我的肚子後，那東西才停了下來。

「咕哈！幹嘛忽然……菲特馮？」

「咦？妳怎麼會在這裡？」

有個幼女不停用臉頰磨蹭我的肚子——就是菲特馮。

看到她突然現身，我跟琳恩都傻眼了。

「那個、那個、達施特是菲特馮的主人。琳恩壞壞！吼嗚嗚嗚嗚嗚嗚嗚！」

菲特馮露出牙齒恐嚇琳恩。

「妳、妳誤會了，我沒有要把他搶走啊！」

「吼啊啊啊！」

琳恩連忙否定並伸出手，菲特馮大嘴一張準備咬過去。

我第一次見到她在人類型態時表現出這種憤怒的心情……但冷靜想想，這也不能怪她。

「冷靜點，菲特馮，什麼事也沒有。不過，真虧妳能跑到這種地方耶。」

「因為起司他們跟在達施特後面，窩就跟著一妻來了。」

「這樣啊。起司……妳是說奇斯嗎？」
「嗯，他們在辣裡喔。」
菲特馮馬上回答我的問題，還指著自己剛才躲藏的樹叢。
下一秒，我就清楚看見樹枝發出聲響搖了一下。
「好啊，躲在後面的傢伙，給我出來。」
我往樹叢怒喝一聲後，就傳來「喵嗚」這種粗啞的貓叫聲。
「搞什麼，原來是貓啊。好吧，琳恩，用魔法扁牠。」
「了解。我就賞牠一記猛招。」
琳恩露出可怕的笑容走到我右側後，就對目標物伸出魔杖。
「等一下！別這樣，我馬上出來！」
急急忙忙衝出樹叢的人影有三個。
分別是笑得一臉尷尬的奇斯、用手搔頭的泰勒，以及一手拿著記事本、兩眼發亮的蘿莉夢魔。
「我阻止過他們了，抱歉。」
「我看得興致高昂呢！雖然心裡有點不是滋味，但你們不要在意，請繼續！」
「把我們當成附近的雜草，做到最後一刻吧……但我們會在前一秒出來搗亂就是了。」

只有泰勒一個人道歉，另外兩人毫無反省之意。

雖然我沒聽清楚奇斯最後說了什麼，但那張臉肯定不是在想什麼正經事。

「還能做什麼，興致都沒了啦。對吧，琳恩？」

「會嗎？我沒差啊，反而想故意讓他們看呢。」

「咦咦咦！」

這出乎意料的答案讓我連忙看向左側，只見琳恩對我溫柔一笑。

她跟剛剛一樣閉上眼睛，稍微踮起腳尖。

雖然很在意周遭的目光，但怎麼能讓琳恩蒙羞呢！

於是我也下定決心將臉緩緩靠近。

「呵哈哈哈哈！太遺憾了，是吾啊！」

……結果琳恩的臉直接在我面前變成巴尼爾老大。

「產生了大量優質的負面感情呢！之前借汝的那些錢就用這個來抵銷吧！」

原來人驚嚇過度的時候，會連聲音都發不出來……

他說的借款，是我要付錢請他幫忙保護阿克塞爾那件事吧？

「你都已經跟露娜拿了一千萬艾莉絲，還有差嗎……」

「這是兩碼子事。」

我當時也太不小心了，居然訂下這麼蠢的契約。當我為此消沉不已時，有人將手輕輕放上我的右肩。我轉頭一看，發現琳恩對我露出苦笑。

這麼說來，琳恩是站在我的右邊，不是左邊啊。在這個狀況下，誰會記得這種事啦！

「怎麼啦，小混混冒險者，全身抖個不停呢。是不是發燒了？」

「不，我連生氣的力氣都沒了……」

巴尼爾老大心滿意足地離開後，我們便和夥伴們一同回到公會。

菲特馮似乎已經想睡到極點，在我的背上呼呼大睡起來。

感覺她快滑下來了，於是我停下腳步重新揹好她，再走到夥伴們身邊。

「等等重新開喝吧！這單算我的，你別這麼沮喪嘛。」

難得奇斯會說出請客這種話。

「這次的阿克塞爾攻防戰中，功勞最大的人無庸置疑就是你，達斯特。就算其他人不知情，但我們都看在眼裡。這不就夠了嗎？」

幹嘛連泰勒都這樣啊，肉麻死了。明明平常只會對我嘮叨。

「雖然作戰計畫狡猾又卑鄙，但達斯特先生已經傾盡全力了！真了不起！」

蘿莉夢魔也不停點頭，拚命抬舉我。

「你們三個是怎麼了？是不是吃了奇怪的東西？」

「我說你啊……既然得不到其他人的認同，至少還有我們會關心你啊。你這次真的表現得很好喔。」

琳恩將拳頭輕輕抵在我的胸口，笑容滿面地說。

……原來他們是在擔心我啊。

自從我主動放棄最年輕龍騎士這個地位，被驅逐出境成為冒險者後……還有這些人會擔心我的安危。

明明老是遵循本能到處做傻事，活得隨心所欲，夥伴們卻沒有離開我。不僅如此，還願意像這樣與我並肩同行。

雖然我這笨蛋一度退下了主舞台，但唯獨在伙伴面前……我還是能登上舞台盡情發揮吧？

「還在幹嘛，快走啊！」

我原本還杵在原地，琳恩便拉起我的手。

現在還不是沉浸在過去的懊悔中裹足不前的時候。

我要跟這群可愛的夥伴們，一起在這座鎮上活出自我。

後記

終於來到最後一集了！

由於這也是最後一篇後記，我本來想把之前沒寫出來的這個和那個全都爆出來，但還是先提一下最後一集的劇情吧。

在《為美好的世界獻上祝福！》第十七集中，和真一行人正在魔王城努力奮戰，阿克塞爾也在同一時間遭受魔王軍襲擊。照理說應該毫無勝算的強敵當前，阿克塞爾的冒險者會如何應戰？達斯特又會有什麼精彩表現呢！大概是這樣的內容。

「你要寫《美好世界》的外傳故事嗎？」當時責編提出這個建議後，我便開始創作這個系列，期間的壓力輕易就超出我的預期。這次我真的很想好好稱讚寫到最後一集的自己。

我以前也在後記裡提過，我本來就是《為美好的世界獻上祝福！》的粉絲。不僅把網路連載全部看完，小說也收了全套。正因為我如此深愛這部作品，在外傳故事上才下足了苦心。

雖然我也可以單純借用美好世界這個舞台，寫出一堆自創角色隨意發揮，但我還是站在粉絲立場想了一下。

我覺得這樣不對。「比起陌生作者寫的陌生角色，我更想知道原本那些角色的表現，以及故事背後不為人知的細節」，這是我的想法。

所以，完全自創的主要角色就只有第五集登場的菲特馮而已。只有這孩子是我從零開始構思提案的角色。

就第五集的讀後心得來看，讀者們似乎都能接受，讓我鬆了口氣。

如今回顧整個系列作，令我感慨萬千。

第一集我雖然修改了很多遍，但在出版前還是滿心忐忑。我每天都很怕看到讀者的反應，根本不敢上網搜尋自己的名字，胃痛得不得了。

第二集時壓力已經稍緩，我就對阿爾坎雷堤亞出手了。沒錯，就是那個阿克西斯教的大本營。既然要寫外傳故事，我真的很想寫寫這個地方，但……我還是提不起勇氣在第一集下手，嗯。

第三集我決定讓《美好世界》中其中一位人氣角色愛麗絲登場。包含其他外傳故事在內，愛麗絲的對話場景我不知重讀了多少遍。如果這裡不能體現出愛麗絲的風格，那就太不像話了！我就是帶著這股幹勁寫下這一集。

第四集的主角是蘿莉夢魔。老實說，我在寫蘿莉夢魔和達斯特的對話時根本毫不費力。蘿莉夢魔原本只是個客串的小配角，但她跟達斯特湊在一起時真的很好笑，讓我寫得很開心，不知不覺就變成不可或缺的主要角色了。對了，傑斯塔也讓我寫得很滿足！

第五集……菲特馮登場了。關於這一點前面已經提過了，就容我略過不談吧。

第六集則是黎歐諾公主登場。這個角色也讓我煞費苦心。畢竟連現在的達斯特都會被她耍得團團轉，一定要充滿個性才行。而且……其實我也寫了達斯特和黎歐諾公主在一起的完美結局，只是後來沒被採用，刪掉重寫了。

接著是這本第七集！

請各位先欣賞內容吧，畢竟是我嘔心瀝血之作！

最後我想對各位致上謝辭。

曉老師，真～～～的非常感謝您！您願意讓我自由發揮到這種程度，除了感謝二字我真的無話可說。如果要把對曉老師的感激全部化為文字就會寫滿整篇後記，還是到此為止吧。另外，第十七集真的太精彩了！

三嶋くろね老師，雖然撰寫這篇後記的時候，我還沒看到最新一集的插圖，但我真～的太期待了！那一幕不曉得會不會畫出來呢？

憂姫はぐれ老師，謝謝您跟我一起走到最後一集！我把整個系列的插畫都重看一遍，但您把每個角色都畫得太有魅力，讓我心中滿是懷念和喜悅……

M責編，我把《美好世界》的外傳故事寫完了！

所有スニーカー文庫的工作人員、業務、設計和校對人員，還有其他協助本作品出版的眾多人士，真的非常感謝你們！

我也要向陪伴到最後一刻的各位讀者們獻上最深的感謝！

昼熊

真希望還有機會
能再見到達斯特
和他的夥伴！
謝謝大家！
憂姫はぐれ
恭喜《笨蛋》最後一集上市，
同時也要說聲：作者您辛苦了！
話雖如此，這些人以後還是會
在阿克塞爾成天吵個不停吧。
我要向將達斯特等人的冒險故事創作出來的
昼熊老師致上最深的感謝！
暁 なつめ
恭喜《笨蛋》第七集上市&完結！
昼熊老師、憂姫はぐれ老師，兩位真的辛苦了！
我每一集都用膜拜的心情欣賞はぐれ老師的
封面、彩圖和內頁插畫，實在太感謝您了！
三嶋くろね

國家圖書館出版品預行編目資料

為美好的世界獻上祝福!EXTRA 讓笨蛋登上舞台吧!. 7, 被龍所愛的笨蛋 / 暁なつめ原作；昼熊作；林孟潔譯 . -- 初版 . -- 臺北市：臺灣角川股份有限公司 , 2021.05
面；　公分 . -- (Kadokawa fantastic novels)
譯自：この素晴らしい世界に祝福を！エクストラ あの愚か者にも脚光を！. 7, 竜に愛されし愚者
ISBN 978-986-524-413-2(平裝)

861.57　　110003648

Kadokawa
Fantastic
Novels

為美好的世界獻上祝福！EXTRA
讓笨蛋登上舞台吧！ 7（完）
被龍所愛的笨蛋

（原著名：この素晴らしい世界に祝福を！エクストラ あの愚か者にも脚光を！ 7 竜に愛されし愚者）

2021年5月24日 初版第1刷發行

作者：昼熊
插畫：憂姫はぐれ
原作：暁なつめ
角色原案：三嶋くろね
譯者：林孟潔

發行人：岩崎剛人
總編輯：蔡佩芬
編輯：高韻涵
美術設計：李思穎
印務：李明修（主任）、張加恩（主任）、張凱棋

發行所：台灣角川股份有限公司
地址：105台北市光復北路11巷44號5樓
電話：(02) 2747-2433
傳真：(02) 2747-2558
網址：http://www.kadokawa.com.tw
劃撥戶：台灣角川股份有限公司
劃撥帳號：19487412
法律顧問：有澤法律事務所
製版：尚騰印刷事業有限公司
ISBN：978-986-524-413-2